檀山南

South Of The Mountain

梁健 ◎ 著

作家出版社

目 录
Contents

相　识

　　我又一次独自走到我们常来的海边，坐在我们常坐的地方。秋天的晴空，展出一片清艳的蓝色，清净了云翳，在长天的尽头。坐在我身边的朋友已远在云天尽处。

　　我，患上了失眠，不知道从什么时候开始。经常会在午夜时分醒来，就再难以入睡，呆呆地望着窗外的黑夜，猜测着明天是个晴天还是阴天，其实这些都不重要。我能肯定的是，失眠是会被某些人传染的，而将失眠传染给我的人，就是阿素。

　　我生活在一个叫做之岛的南方海边小城，从我很小的时候就在这里了，直到我现在30岁，从来没有搬过家。差不多从十多年前开始这里的很多人陆续搬到了距离小城不很远的市区去了，只有周围少数的人家没有搬走，继续留在了这里。父母可能觉得与其搬到市里不如去到更远点的地方，于是几年前，他们去了国外生活。当时我还在读大学，可等到毕业后我也没有去与父母会合，而是继续留在这个小城，做着一份普通的工作，一个人生活在这里。谈不上有多喜欢自己的故乡，可能是对这里的一切熟悉了，不愿离开去重新适应新的环境，所以与父母的见面，就只有在假期时我飞去那里，与他们短短的相聚一周左右的时间，此后就迫不及待地要回到小城来，好像这里一直有人在等我。到底什么人在等我呢？其实没有，连朋友也没有。

大约在八年前，也就是我刚刚换到一个新公司上班的时候，我认识了阿素。那是一个与以往没有什么不同的雨天，可能注定要是雨天。其实我们这里下雨的时候很多，毕竟靠近海边的缘故，所以阴天远远多于晴天，尽管如此，我还是很少带雨伞出门，下班时发现下雨了，索性多待一会儿，等雨停。反正我也不赶时间，回到家里，也没什么太多事情要去做。而且雷雨过后的小城总是让我喜欢，湿湿的街道上行人很少，靠近海边的公路偶尔才会有一两辆汽车通过，有时我搭公车回去，有时我一个人，沿着海边防坡堤上的小石子路慢慢走回家，经常就这样度过了很多的黄昏，回到家中，往往天已经黑了，旁边的公寓楼里不多的灯光亮着，提醒我这一天也快要到了尾声。

和阿素认识的那个傍晚，也是个雨天，我刚刚在便利店买了一些食物和香烟，准备走到马路对面去等公车，却突然下起了雨，我却步在便利店里，拿起一本货架上面的杂志随意翻看等雨停。过了大约二十分钟，雨小了些，我放回杂志，拎起口袋，向窗外张望准备等雨再小一点就走。这时一个年龄和我差不多的男子从里面出来，瘦高个，长头发，拎着两个大布袋，很沉重的样子，他看了看我，又看看外面依然在下的雨，稍稍犹豫了一下，对我说：

"没带伞？我带你一段吧。"

"啊。不用麻烦了，雨小了很多，看样子很快就会停的，我再等一下就好了。"

"没关系的，走吧。"

我犹豫了一下，还是没有再推辞。

"那么，给你添麻烦了。我来帮你拎一个袋子吧，看起来很重的。"

他没有说话，也没有推让，递过来一个布袋，我低头看了一下，里面是很多罐啤酒、咖啡，难怪会那么重。坐进他老旧的白色日产汽车，里面倒是很干净，没有什么杂物。我们把各自的东西放在后排座椅上。

"你住哪？"

"哦，南方街，1号巷，22栋。"我说。

"嗯，靠近海边，我知道那里。"

就在那一路上，我们认识了彼此。他就是阿素，比我大9个月，住的地方虽然和我有一些距离，由于这里是个海边小城，本身也不很大，倒也显得不那么远。

"你吸烟吗？"阿素问。

"嗯，吸的，不过不是很多。"

"那就方便多了。"

阿素降下车窗，点燃一支香烟，我也掏出香烟，同样的动作，降下车窗，我们彼此对视了一下，笑了笑，便开始上路。香烟的味道在雨后的空气里也显得很新鲜，仿佛和以往不太一样了，可能是刚刚认识的阿素给我这个身边没有什么朋友的人带来了新鲜感。当汽车拐上海边的靠海公路，夕阳刚好从阴云里钻出来，慢慢地向山那边落去，浓浓的带着咸味的潮湿的海风裹着黄昏的气息从车窗外灌进来，把我和阿素的头发吹向后方。阿素的脸上看不出什么表情，这在以后我们相处的漫长的岁月里，都不曾改变。看不出太多的喜乐，话也不多，倒是我，那天说的话要比平时多了不少，车继续沿靠海公路向前开。

"啊，到了。谢谢你。"

"好，这么快就到了。真没想到。嗯，那好吧。"

"下次再见。辛苦了。"

我下了车，拿好东西，向阿素摆了摆手，阿素点了下头，又掏出一支烟，点上，然后开车离去，红色的尾灯闪了两次便消失了。

接下来的两个星期，我重复着自己平行线一般的没有任何偏差的生活，其实一直以来一个人的生活都是如此。每天早晨六点五十分伴着闹钟的铃音起床，吃一点简单的早饭，搭七点三十分的公车到公司上班，中午吃一份素食便当，喝一杯绿茶，吸两支烟，休息一小时，然后开始下午的工作。如果不需要加班的话，我通常在下午五点三十分走出公司的大门，有时会去顺路的便利店里买一些食品和水果，还有香烟。然后回家。

天气好的日子里，我会走路回家，沿着靠海公路旁的防坡堤上面的小道，慢腾腾地往回走，防坡堤的小道边，开着浅浅淡淡的黄色和紫色的不知名的小花。有时会有蜜蜂或是蝴蝶在四周围绕。越过木栅栏，走到坡下，那里沿着海岸线是一望无际的石滩。各种各样的石头，大小不一，有的可以躺下两个人。我独自坐在上面，看着海浪一波波冲刷过来，碎掉的浪花，穿针引线般在大大小小的石头缝里消退。天气晴朗无风的傍晚，平静、柔和的晚霞，一片片碎在海面上，海的颜色由浅变深，当眼前的视线变得越来越模糊，美好的黄昏倏忽而过。夜晚来临，轻纱一般的雾霭从四面八方靠拢，缓缓地在石滩上流动，我在抽掉几根烟之后，便起身回家。

大约是两周后的一个周四的下午，手机忽然地响了起来，是一个从没有出现过的号码。

我拿起接听，"喂，请问哪位？"

"哦，你好，我是阿素，打扰了。"

"阿素，怎么会是你，真没想到。你怎么会知道我的电话？"

"上次你讲过的，你忘了吗？我的记忆力很好，尤其是对数字。"

"啊，真不好意思，我忘记了。"

"没关系的。还在忙吗？今天会不会加班，如果晚上没事的话，一起吃饭吧。"

"哦，好的。那晚上见。"

我挂掉电话，不好意思的忙不迭把阿素的电话号码保存下来，这时才记起上次在车上我们是说了一下电话号码，可我没有太在意，更没有记住。真是怪不好意思的。下班的时候，我走出公司大门，阿素已经等在那里。

晚饭很简单，我们来到一家茶餐厅，我点了一份海鲜烩饭，阿素要的是意大利面，还有一份蔬菜沙拉、两罐啤酒。阿素吃得很少。他的面几乎只吃了一小半，便不再吃了。倒是我，很久没有像今天这么有胃口了，把自己的烩饭，还有沙拉全部吃掉。然后我们各自喝着手中的啤酒。两个多星期没见，阿素比前次显得更消瘦了一些，头发也比之前更长了，显出很疲惫的样子。

"阿素，你的精神很不好啊，是不是身体哪里不舒服？"

"没什么，不用担心。只是睡得不太好。"

"那要注意了，睡眠很重要的，你可以试试晚上在睡前喝一杯热牛奶，或是洗个热水澡，嗯，还有，喝一点红酒也行，看你总是喝啤酒，喝一点红酒会更好的。"

阿素没有说话，只是点了下头。

"看我，说了这么多的方法，好像我是个专家一样，不过我倒是睡得很好。反正也没什么事情，有时一睡下去，天就亮了。"

"嗯，我知道了。谢谢你。"阿素的回答还是很简单。

"对了，今天，怎么会想起给我打电话？感觉很突然。还有，上次没有来得及把你的电话号码记下，真是不好意思了。"

阿素笑了一下，"我今天去市区送货了，来回两个小时，回来也没什么事情，就想给你打电话。"

原来阿素开了一间水果铺。铺面不大，他每次进货也不多，当有人打电话来需要一些时令的新鲜水果，或是比较高档的进口水果，数量多一些的话，他会开车把货给对方送过去。这一次的见面，使我和阿素熟识了一些，不过阿素还是话不多，总是在听我讲。

"知道吗，阿素，我从小就住在这里，我已经23岁了，可是这里没有什么太大的变化。这可能就是我喜欢这里的原因。还有，上次在便利店里，你怎么会想起送一个素不相识的人回家呢？"我说出心中的疑惑。

"其实我那天已经不是第一次遇见你了。我也经常去那家便利店，以前可能遇见过你几次，记不太清了，两三次吧。"

"哦，原来我们早就见过面了，只是在我不知道的情况下。阿素，很高兴认识你。"

阿素还是礼貌性地淡淡地点了下头。

接近晚上九点钟，我们从茶餐厅出来，站在路边吸烟，准备回家。

这时一辆汽车从远处快速开来，戛然停在了路边宽大的广告牌边上，先是从车上下来了一个瘦瘦高高的女孩子，下车后仍然在和车里的人交流着什么，然后从驾驶位置上下来了一个高个子男子，气势汹汹的样子，两个人好像在争论什么，其间女子两次挽住了男子的胳膊，都被高个子男子用力甩开，之后男人头也不回地驾车离去。瘦瘦的女子望着汽车驶离，拢了下头发，软软地迈着步子走到前方不远处的公交站的椅子上坐下。她低头用手把头发拢到耳后的那么轻柔的动作我似曾相识，洛越，我一瞥之下，就见到了许久未见的洛越。

洛　越

　　小时候的时光现在回想起来总是暖洋洋的，童年的日子里阳光洒在每一条街道、每一幢建筑物的屋顶，和每一个人的身上，像是和我们一样贪玩的小孩儿，并不急着回家。简简单单的一个皮球，便可让我们这些六七岁的孩子，在街上奔跑整整一个下午。后来小伙伴们陆续随同家里的大人们搬离了小城，此后在午后的阳光下奔跑的少年身影也随之减少，以至于到后来就剩下我一个人，抱着皮球，站在空荡荡的街上，整个街道安静得让人心烦意乱，连一条狗都看不到，我漫无目的地四处张望，以至于有偶尔路过的大人，都向我投来奇怪的眼光。

　　7岁那年，我突如其来地得了急性阑尾炎，并且十分严重，因为差一点点穿孔而险些丧命。住进医院的当夜就做了切除手术，第二天下午醒来的时候，我发现自己住在了医院的儿童病房。由于是儿童病房，大家又都是3到8岁的小孩子，所以并未区分男女病房，一大群孩子像在儿童乐园里面一般，成天说说笑笑，玩闹在一起。

那时我经常和我邻床的一个年纪相仿的小朋友玩耍，我们在同一张床上一起吃饭，一起睡觉，一起翻看漫画书，一起打闹。直到有一天，一个年轻美丽的护士进入病房，看到我们两个正头抵着头并排躺在一起，同样地把右腿跷起，搭在自己的左腿上看着漫画书，美丽的护士笑着对我说：

"喂，你是不是总喜欢和女孩子一起玩？还喜欢和女孩子睡在一张床上。"

"女孩子？我没有啊。"

"还说没有，你身边的不就是一个女孩子吗？"

我一跃而起，跳到床下，看到床头的病历卡上写着很多字，有些字我当时并不能全部认得，可性别那一栏的"女"字表明，和我整日在一起毫无顾忌打闹厮混的，这个穿一件白色跨栏背心、短头发、瘦小的伙伴，竟然是一个女孩子。这些日子我从来没有想过这个问题，也从来没去注意过床头的病历卡。我恍然大悟。她的名字就是洛越。一个比我小一岁，当时6岁的女孩子。诚然在我们当时年幼的心境中，男女之别还没有太多地影响我们之间的距离，美丽护士的提醒也无非是让我知道了眼前的这个叫洛越的小伙伴，只有一点和我不同，那就是她是个女孩子，并且我们的关系比以前还要亲密了。

一个多星期之后，我将要出院了，前一晚，我和洛越照例躺在她的床上，说了好多的话。洛越侧过头，漂亮的闪着光亮的眼睛认真地凝视着我，她对我说，她家住在城市北面一个叫做檀山的地方，她家就住在半山腰，那山也并不高。

她家的祖屋就一直在那里。洛越说山坡朝南，沿着山下荒草丛生的小路就能走到她家的老屋前。她还告诉我，要我一定去找她，我去的时候，她站在老屋前的山坡就能看到我从下面走来，她会在那里等我。我说："好，长大了我一定会去找你。"可当时我们并不清楚我所说的长大了，是个多远的期限，更没有想到，长大了这个词延伸的时间竟然是二十多年以后。

出院那天，洛越低着头安静地站在病房的床前看着父母为我收拾好东西，她恳求我的父母在她向护士要来的纸上留下了我家的地址。我当时并没有太多的不舍，毕竟是要回家了。

当护士领着一群小朋友送我们到病房门口的时候，洛越走到我身边来，竟然对我说："抱一下再走。"可我当时有些发蒙地站在父母跟前，好像没有听懂她的话，并没有任何举动，当我终于意识到我和洛越要分开了，可能好久都见不到她了，我刚要伸出手去，像平日里我们肆无忌惮地拥抱一样去搂抱她，"这两个小朋友，真有意思。"美丽的护士牵起洛越的小手，走回了病房。

洛越回头向我不舍地大声说："一定要来找我，你来的时候，我在山坡上就能看到你。"

回到家中的我，很快就将洛越淡忘了，因为小时候的我好像总有很多事情要忙着去做，身边总有很多的小伙伴在放学之后要一起玩耍。直到那年冬天，我竟收到了洛越寄来的明信片，正面印着两只可爱的小狗熊。一只穿着背带裤、戴着草帽，另一只穿着花裙。背面写着我家地址的字迹，显然不是一个6岁的小孩子所写，也许是她的家长，也许是她恳请别人代笔。

洛越自己只写了短短的一句话，"你好吗？你走后的第四个月我也出院了。我也很好，记得来找我。"她还在明信片上粘了一片贴画，是一只绿色的小蜻蜓。当时收到这封明信片时，我着实激动了很久，也曾想马上按上面的地址给洛越回一封信，只是后来耽搁了还是忘记了，我已经记不起来。

之后的几年，每个家庭都陆续装了电话机，洛越在给我又寄过几次明信片之后，我和洛越通过电话，她告诉我她马上要上初中了，因为当年生病住院，耽误了几个月，所以晚上了一年学。学校在市里，每周回一次家。而当时我已经在读初中二年级了。

身边的阿素见我喊出那个瘦瘦高高的女子的名字，向我投来惊讶的目光。洛越也认出了我，高兴地奔跑过来。

"是你？怎么会在这里遇见？"

"是啊。我也没想到，这么晚了会在这里遇到。真是好多年不见了。"

阿素和洛越彼此微笑问好，算是打过招呼。

"刚才那个男的是你男朋友？还是前些年你告诉我的那个人吗？"我问洛越。

"不是啦，我们上次见面时你还在上大学吧，当时的男朋友分手了，后来没了联系。现在的男朋友是去年认识的。"洛越微笑着说。

"哦，看你们刚才好像在闹别扭，没什么吧。"我对洛越没有太多顾虑，直奔主题。

"没什么，不要紧的。你好吗？我们距上次见面又有四五年了吧。"洛越脸上洋溢着我熟悉的甜甜的笑。

我们又回到茶餐厅，我和洛越各自要了一杯饮料，阿素要了一听啤酒，坐在隔我们两个桌位的地方，望着窗外，独自喝着手中的啤酒。在室内的荧光灯下，我边和洛越交谈，边仔细打量洛越，还是和几年前我们见面时那么瘦，脸色有些泛白，没有化妆，笑起来的时候，眼角已经明显的能看到几条浅浅的鱼尾纹。我还是有些担心地问洛越，刚刚为什么她的男朋友会把她一人丢在路边。

洛越脸上的笑容不见了，神情显得有些忧伤，"他要去找另外一个女人，我不想让他去，所以争吵了。"

"另外一个女人？什么意思呢？你不是她的女朋友吗？"

"一个能帮助他的女人。我的男朋友，他以前是做音乐的，很棒，前些年和别人组过一支乐队，也在一些地方演出过，后来因为经济原因解散了。这一年来他一直想做生意，希望等赚了钱再去组织乐队。可我帮不了他什么。那个女人我见过一次，一起吃过一回饭。是他带她一起来的。做手饰加工生意，好像很有钱的样子，也很欣赏他。嗯……也是喜欢他的。我听他说过。"我没有说话，只是在听洛越讲，"只不过他最近的脾气很糟糕，总是发生争吵，刚刚吃晚饭时那个女人打来电话，想要他过去。所以，他就只能把我放在公车站台，后来，就遇见你了。"

"可他不该那样。"我有些生气。

"也许是吧，有什么办法呢。我也不想他去。可他很坚决，好像是叫他去谈合伙做生意的事情，是大事。让你见笑了，不要为我担心。"

"没什么，洛越，虽然我是个局外人，也不太了解你们之间的事情，可我总觉得你应该想清楚一些，这样下去可能不会有什么好结果。"我说得有些自我了。

"谢谢你，有些事情我想我明白。不过既然在一起了，他做什么我都理解他，毕竟我不能给他带来什么帮助。"

洛越再次习惯性地低头拢了拢头发，眼角有些湿润了，我没有再问什么。我在上大学时，洛越交过一个男朋友，是高一个年级的某一班的班长。相处了一段时间，后来那个班长考上了大学，也就自然而然和洛越分开了。连一个电话都没有打来，就结束了他们的感情。

其间，坐在我对面的洛越向前探身，伸手在我的左肩上拂了一下，她笑着捻起一根落在我肩上的头发，我没有扭头去看，洛越也没有任何的不自然，就是那个样子，还像我们小时候一样，一切自然而然。仿佛一直都是如此，一切也应该如此。

晚上近十点，我们从茶餐厅走出来，很晚了，阿素和我打算送洛越回去。

"要去哪里?"

"当然是回家。"

"和男朋友的家?"我苦笑着问。

"对啊。当然是和男朋友的家。不然去哪里。吵架了，也要回家的。回去等他。"

我没有再说什么,一起开车上路,将近一个小时后,我们来到市区,在洛越租住的楼下停车,我和阿素走下车来。

洛越笑着说:"辛苦你们了。"

"没关系,有事情打电话联系吧。"

"嗯,会的……"洛越停顿了一下,"不抱一下再走吗?"洛越对我说。

"嗯。什么?"我一时不知道该做何反应。扭头看了一眼身边的阿素。

洛越笑了笑,走到我们跟前,对阿素说:"你是他的好朋友吧,知道吗,他欠我一个拥抱。欠了很久了。"说完,洛越走过来,轻轻地抱了我一下,便扭身走了。看着她渐行渐远的消瘦的背影,心里有一点说不出的心疼。

和阿素在返回小城的路上,我们各自吸着烟。

"很不错的女孩子。"阿素说。

"是啊,我们6岁的时候就认识了。是病友,住在一个病房,儿童病房,现在想想还是挺有意思的。"

"不喜欢她?"

"可能吧。我也说不清楚。毕竟是小时候的事情了。这么多年也没怎么想过这件事。不过还是希望她好。"

"你们从6岁那时分开后,又见过几回?"

"唔……我得想想,四五次吧。不多。"

那遥远的记忆,之后偶尔想起也会在心底有轻轻的刺痛。第一次见面还是我上初中的时候,一个周日的午后,洛越往家里打来电话，说下个周四下午没有课，她很想来学校找我，她说她的学校离我不远，她能找得到。那周的前几天，我一直很忐忑不安，心里面想见到洛越，又不知道见面后还能说些什么。甚至想编个谎说那天学校有事情，不能见面了。可终究没有那样去做。

周四下午放学后，我来到校门口，果然就见到了洛越。我们6岁时从医院分开，相别八年，现在各自已经是十四五岁的少年。洛越穿着淡蓝色的校服，背着一个灰颜色的布书包，头发已经是长发，整齐地梳在脑后。踩着一双白色塑料凉鞋，瘦瘦高高的样子。

八年没有见面的疏离感和我此前的惴惴不安，在她灿烂的笑容面前像泡沫一样"啪"的一声轻松地挤破掉。我们在学校门口聊了大约一个小时，往来穿梭的同学见一个男孩子和一个外校的女孩子站在校门口聊天，报以奇怪的微笑和窃窃私语。

"常想你来着。"洛越笑着告诉我。

"是吗？"我有点不知道该说什么。

"想我吗？"

"嗯，是的。"

"我一共给你寄了五封明信片，你知道吗，每次都很想快快接到你的回信，你却只回过一次。不过那很重要，因为你写了家里的电话号码。"

"我知道。后来你就打电话来了。"

"所以说，你唯一的一次回信很重要。所以就原谅你了。"我们又聊了很久，具体说了什么，我早已经记不起了。

天色渐渐暗了下来，洛越说她要赶回学校，我们在路边的面馆吃了两碗骨汤面，然后我陪她走到公车站等车。

　　"很远吗？"我问。

　　"不远。放心吧。我知道怎么回去，一会儿就能到的。不要担心我。"

　　车站上人很少，洛越趁着暗影走到我跟前，勇敢地用她的小手握住了我的手。她的手心凉凉的，滑滑的。我有些局促得不知如何是好，任由洛越握着我的手。

　　"常想你来着。从你离开医院那天就开始想。"

　　"哦……洛越，谢谢你。"

　　"不用谢。我很喜欢你。还记得吗？你还欠我一个拥抱。一会儿车要来了，抱一下再走好吗？"

　　"我们那会儿才6岁，太小了。我没想过……"

　　"是啊。那时我才6岁。我从6岁就喜欢你了，那是我六岁的爱情。你要好好珍惜啊。"洛越认真地对我说。

　　公车来了，我也没有勇气伸出手去抱一下洛越，抑或是没有想去那样做。尽管她离我那么近，连她呼出的浅浅气息我都能感觉到。车门关上前，洛越又对我说了同样的话，"你一定要记得，还欠我一个拥抱。记得要来找我，你从山下的小路走上来，我站在屋前就能看到你。"

　　我那时曾以为洛越的学校离我不会很远，不过很久以后我才知道，她要换三趟公车，走好远的路。洛越把她6岁的爱情给了我，这爱情纯净如清晨叶片上的露珠一般，没有一丝杂质。

谷姨的蛋炒饭

　　后来的日子里，我和阿素经常见面。在我下班后，或是休息日。我们也成了好朋友，在这个小城里彼此唯一的朋友。我们经常开车来到海边，将车停在一处转弯的空地上，走下防坡堤，坐在石滩上面，各自吸着烟，喝阿素车里面带的啤酒，偶尔说话，但也会很长时间不交谈。不过这并没有让我们彼此感到有什么不舒服。毕竟我是一个比较内向的人，而阿素好像更加自闭一些。不过这些都没有影响我们成为朋友，也许朋友间最舒服的相处方式不是无话不说，而是可以不说话也不会感觉冷场。很长时间，我们就这样默默注视着前方的海面。直到其中一个人说走吧，我们便离开。

　　从十一月过后，天气变得愈加地阴冷起来，经常在午后都会下一场雨，初冬的冷雨将路面打湿，公路上偶尔路过的汽车的灯光，洒在潮湿的路面，蜂蜜般的黏稠。显得更加寂寞。

一天早晨，我正准备去上班，刚刚走到楼下，一眼便看见阿素的白色汽车停在楼边。我高兴地跑过去，见阿素裹着咖啡色的风衣，躺在放倒的座椅上睡着了。

我轻敲车窗，阿素醒来，我拉开车门坐进去，奇怪地问："阿素，你怎么会睡在车里？"

他向前调好椅背，向后拢拢了头发，把身上的风衣裹得更紧了些，降下车窗，点燃一支烟。

"没什么，昨天一夜没怎么睡，天快亮时，就在车里睡着了。"

"一夜没睡？阿素，发生什么事情了吗？你在外面待了一整夜？为什么不给我打电话，可以来找我的。"

"没什么，只是睡不着，就出来了。坐在下面的石滩上看大海。"阿素停顿了一下继续说，"你知道，深夜里的大海是什么样子吗？"

"没太注意过，我想应该是漆黑一片吧。"

"嗯，是的。海面黑漆漆的，不过却是不一样的，好像有很多种黑色，会不断变换。更远处的海面上零零星星船上的灯光，它们也是那么孤单，让我想念远方。"

听了阿素的话，我开始担心。他怎么能就这样孤单单的在海边待了一整晚呢？我欲说无言。

阿素抽完烟，笑了笑说："别为我担心，没什么，我经常会这样。走吧，送你去公司，然后我去店里。"

一整天的时间，我的脑子里都乱乱的。什么也不想做。阿素一个人在海边坐了整晚，让我很难想象那般寒冷寂寞的

19

漫漫长夜里，他一个人如何度过。我觉得阿素一定有什么心事，封闭在他心里的某个隐秘的角落，无法向别人说明。下午的时候，我给阿素打了一个电话，电话里阿素的声音听起来除了有些疲倦一切正常，我才又放下心来。新年将近的那段日子，我明显感觉到阿素的精神更差了，带有紧张和期盼混杂在一起的、说不清楚的感觉。

快到过年的时候，我准备利用春节的假期去国外与父母团聚。我把这个打算告诉阿素时，他的眼里闪过了一丝忧郁和落寞。

"要去多久呢？"阿素问。

"十天左右吧。毕竟一年只去一次，想多待几天。不过春节过后我就会回来了。毕竟还要上班嘛。"

"祝你一路平安。"

春节的假期，国外和国内没有太多的不同，甚至比在小城还要热闹，欢庆的鞭炮声中，醉人的酒杯中，无处不充满浓浓的亲情。家中拜年的电话总是打个不停。街面上一片喜气洋洋的样子。和父母团聚的日子温馨快乐。这几年自己一个人在小城生活，没有让他们有更多的担心，相反自己倒是自立了很多。我告诉他们我前段时间顺利考取了驾照，他们提议要资助我买一部汽车，被我拒绝了。父母竟问我有没有交到女朋友，闲暇时不要总是一个人，多和女孩子一起出去约会等等。欢庆过后安静下来的时候，我就会想起阿素，假期行将结束的时候，我给阿素打了一个电话，告诉他我后天就要返回。阿素很高兴的样子，说要来机场接我，我说不必麻烦了，毕竟路途遥远，要从我们的小城先到市里，再到省城，才有机场。自己回去即可，以前也都是自己回家。阿素执意要来接我，说反正过年期间也没有什么生意，不会影响的。于是我们便约定，后天见。

从机场出来，阿素难得的笑颜让我感到十分轻松开心。回程路上，我们聊了整个假期各自都是如何度过的。还读了在除夕夜我们发给对方的祝福短信，仅仅几天之后，我们又坐在同一部车里，感觉有些滑稽可笑。将近三个小时的路途，回到小城已经是下午。

"今天……来我家吧。来我家吃晚饭。"

忽然接到阿素发出的邀请，让我满心欢喜又有些受宠若惊。

"有什么好吃的呢？"我嬉皮笑脸地问道。

"没什么，唔……应该就是简单的。很简单的蛋炒饭吧。"

我的玩笑式的发问，竟让阿素有些不好意思。

"哈哈……别介意啊。我只是开玩笑。能受到你的邀请，万分荣幸。蛋炒饭，真是好久没有吃过了。很想吃啊。阿素，是你做给我吃吗？"

"不是的，我做得不好吃，是我妈妈炒的蛋炒饭。味道很棒的。"

"啊？还要见你的家长，会不会很打扰呢？"

"不会。家里就我和妈妈两个人，不会打扰。"

"那好吧。多谢款待。"

阿素没有再说什么，我们在路上采购了一些礼品，阿素一直说不必太客气。"可第一次上门叨扰，还是要准备些的。"我没有听从阿素的意见。

车到楼下，一个很老旧的小区，低矮的五层楼，楼面和楼道里的墙皮有很多处已经脱落。行到三楼，阿素打开门，阿素的妈妈微笑着迎接我，一位五十多岁、面容有些苍老的谷姨。我礼貌地打过招呼。

"小棠，常听阿素提起你，不要客气啊。欢迎你来。请随便一些。"谷姨慈祥地把我让到不大的客厅里，"你们先聊，我去准备晚饭。"

"谷姨，不要太麻烦了。听阿素讲您做的蛋炒饭很香，很期待呢。"

谷姨的脸上闪过一丝淡淡的笑，便去厨房了。

我环视这个简简单单的不过六十平方米的两室一厅的家，家具摆设很有些陈旧了。环境倒是很整洁。电视机还是将近二十年前的老电视，桌上放着一个很有历史感的白色瓷壶，显得很显眼。白色的壶身由于年代久远已经泛黄，壶盖也有了缺口，显然是以前不小心磕碰掉的。后来为了预防瓷壶的壶盖不小心再次掉下或是发生损坏，一条皮绳缠在了壶盖顶端桃子形的小纽上，皮绳的另一端系在壶身的把手上。那条皮绳随着年月的变迁，早已看不出原来的颜色，只是黑得发亮。

"阿素，这个瓷壶很古老了吧，现在好像不太容易能看到了。"

"是啊。好多好多年了。好像比我的岁数还要大，从小家里就有了。"

阿素拿起它，倒了两杯白水，递给我一杯。我和阿素随便地说着话。不一会儿，传来了阵阵饭香。客厅一角的饭桌上摆了两盘青菜、一条红烧鱼，还有一盘笋丝炒肉。

"谷姨，不要再麻烦了，已经很好了。"我礼貌地对谷姨说。

"没关系，很快就好了。还有一个蛋炒饭。"

米饭谷姨事先蒸好，她把两颗鸡蛋打到碗里，用筷子快速地搅拌均匀，安静的屋子里响起筷子与碗边发出叮叮当当清脆悦耳的声音。仿佛有韵律，仿佛在诉说。我和阿素都在侧耳倾听。谷姨拿起一截剥好的嫩葱，用刀细细地切成葱末，每一次刀提起的时候，橘红色的夕阳刚好从厨房的玻璃窗子照射进来，把每一片细小的葱花映照得如玛瑙一般晶莹剔透。好像一群细小的精灵在案板上跳动。当鸡蛋被炒制金黄蓬松，谷姨将米饭与葱花一同下锅翻炒。米饭粒粒都包裹上了金黄的鸡蛋。我和阿素就这样静静地望着谷姨细心地将这一道简单的蛋炒饭做好，阿素的脸上显出少有的幸福感。可能这一刻家带来的温暖的感受让他心有所动，我见他的眼睛有些泛红，轻拭了一下眼角，起身去拿碗筷。

那一餐晚饭，我和阿素还有谷姨慢慢吃完，席间话语不多，家的安宁与温馨混着家常菜的味道丝丝融入口腔，化进心底。我第一次踏入了阿素的生活。

晚饭后阿素送我回家，到了我家楼下，我们一起下车。

"太感谢了，阿素。辛苦谷姨了。"

"啊，没有什么，不要客气。欢迎以后常来。"

"嗯，我会的。谷姨烧的饭真的很好吃，尤其是蛋炒饭，像你说的一样，我从来没有吃过这么好吃的蛋炒饭。"

"我妈妈以前是厨师。在我们没有搬来这里之前，她一直在一家酒楼做事。"

"真的吗？太伟大了。阿素你好有福气。"

阿素没有再说什么，面容上浮出伤感的表情。我欲言又止，阿素也没有再说什么，只是简单的一句"很累了吧，早点休息。"熄了烟，阿素驾车离去。

回到家中，没有开灯，我疲倦地躺在沙发里。寂静的黑暗中回想着阿素的家庭。阿素在和我一起看谷姨做饭时动容的表情让我同样莫名地感到伤心。一直以来，阿素都是一个少话语、少笑声的人，也许他真的太需要别人的关心了，连同他的家人。而我的这份预感也在日后的时光中得到了验证。

重度失眠

从三月的早春开始，我便投入到了紧张的工作中，和阿素时而会面，一起吃饭，偶尔也会在晚上去小城里唯一的酒吧坐坐。更多的时候，我们还是会来到海边，带上几罐啤酒，各自吸着烟聊天或望着大海一动不动地任由夜晚悄悄到来。

有一次很晚了，我劝阿素不要回去了，怕影响谷姨休息，干脆来我家过夜，阿素答应了。那是他第一次来我家。进屋后，我以主人的身份热情地带着阿素参观了一下我家，我拿出两条薄被，我们各自在客厅的沙发上躺下。熄灯后，阿素好像很久没有睡着，我能感觉到他不时地在翻身。

"阿素，是睡不着吗?是不是到一个不熟悉的环境里有些不适应?"

"啊。有一些，不好意思，打扰到你了。我经常会这样。"

"没关系的，厨房的冰箱里有食物，如果你饿了，就去拿些吃。我先睡了。晚安，阿素。"

"晚安。"

温暖的困意迅速地向我袭来，睡意像柔软的布帛包裹着我向梦的深处一直坠落下去。就在我跨入半梦半醒的那一刻，好像听到了阿素浅浅的叹息声。

那夜，很少做梦的我梦见了一辆白色通勤车，在安静的中午时分悄然驶过宁静的街头，街上空无一人，只有灰色的站牌孤独地立在路边。一辆黄色的老式自行车，靠在路旁低矮老旧的房子门边，一盆夹竹桃在墙边静静开放，一只花猫在墙壁阴影里酣睡。墙上还有紫色的牵牛花。在午夜时分，我竟然意外醒来，月光辉映下，便看到阿素明亮的双眼在夜里怔怔地凝视着窗外，夜却深得正浓。

后来的日子里，我渐渐得知阿素患有严重的焦虑和失眠。最严重的时候，几乎是整晚地无法入睡。具体是从何时开始，因何开始，阿素没有提起，我也无从得知。只是每次见他，都感觉到他忧郁倦怠，神情疲惫的样子。我们有几次聊起有关失眠的话题。

"阿素，不要太紧张了。失眠是每个人都会有的，不过是严重程度不同罢了。不要有什么心理负担，放松些。我也偶尔会失眠，嗯……是的，偶尔会。"

"我明白的。不好意思，让你担心了。"

"没关系的，有时间去看看医生也好。"

"看医生……"阿素自言自语，"没有用……看医生怎么会有用呢……"

后面一句话，是阿素几乎在心里默念出的。我是从他微微合动的嘴唇和背负了太多的眼神中读出的。

"对了，小棠，看你也一直喜欢一个人，身边也没有朋友，是喜欢孤独吗？"

"阿素，哪里会有人喜欢孤独，不过是不喜欢乱交朋友罢了，那样最后只能落得失望。"

时光流转，岁月经年而过。这一年我要年满26岁了，而比我大一些的阿素，早几个月过了26岁。我提议和阿素一起过生日。起初阿素显得并不热心。

"怎么可以不庆祝呢，阿素，26岁啊。这在我们人生中多么重要，简直是个里程碑，一定要庆祝的，不能错过。"在我的一再坚持下，阿素答应和我一起过这个26岁的生日。

"把洛越也叫来吧，大家一起庆祝，也有好久没有见到洛越了。"我提议。

"嗯，太好了，还真是好久没有见到她了。还去我家吧。"

"太好了，阿素，又能吃到谷姨的饭菜了。还有蛋炒饭，那简直是天底下最美味的蛋炒饭。虽然已经去你家吃过好几次饭了，可总感觉吃不够呢。"

阿素把我们要一同庆祝生日的事情转告了谷姨。谷姨非常高兴，邀请我们当天一起去家里团聚。

远方的父母得知我要和好朋友一同过生日也十分开心，特意从国外寄来了两条围巾，一条浅灰色，一条烟色。作为我和阿素的生日礼物。我让阿素先挑选。

阿素笑着说："哪条都好看，你先选吧。"

"那我先挑了啊，不要后悔。那我就选烟色的吧，把浅灰色的留给你。"我笑着望向阿素。

"真的吗？你也不要后悔啊。那我就要这条灰色的了。"

阿素拿起围巾，细细地观察、抚摩，眼神充满喜欢和浓浓的温情。"替我谢谢叔叔阿姨，真的很喜欢，让他们费心了。"

生日当天，洛越提了一个精美的生日蛋糕从市里赶来，我们一起来到阿素家。谷姨准备了一桌丰盛的家宴，主食当然还是那道充满了温暖亲情的蛋炒饭。我们开了一瓶红酒，四个人举杯庆祝。庆祝我和阿素跨入了人生的二十六岁。我和洛越单独敬了谷姨一杯酒，谢谢谷姨的热情款待。

谷姨慈祥地笑着，对我们说："太谢谢你们了。家里好久没有这么热闹了，连过年的时候都没有过的。欢迎你们常来家里做客。"

在熄掉灯光点蜡烛的时候，阿素的手机轻轻地响起了一声短信息的提示音。阿素低头看完信息，再抬起头时，尽管只是微弱的烛光下，我仍看到阿素的双眼闪出了泪花。我和阿素共同双手合十来许愿。阿素许的什么愿望我们不知道，我的愿望是和阿素成为一生一世的好朋友。当我们合力吹熄蛋糕上面插着的象征我们两人的两支蜡烛时，阿素趁着灯亮前的短暂黑暗，快速地抹去了脸上的泪水。

夏日里，公司部门进行了一次郊游，地点在市区的西面，一处偏僻却有树林草地的地方。虽然我从来没有来过，可当我第一眼看到这个地方，踏上柔软葱绿的草地，我就下定决心一定要和阿素还有洛越来一次这里。

午饭后，大家开始自由活动，身边的同事们有的三五成堆地在打纸牌，有的躺在草地上休息。有的结伴在四处游玩。我起身离开，向茂密的黄杨树林深处走去。这片树林并不大，穿过树林是一座不高的山。山脚下居然有一条不容易被人发现的石子小路，隐藏在两旁的密布丛生的绿色植物之间。我沿小路一路走去，行至大约三百米过后，竟有一处水潭出现在面前。潭边凉风习习，四周悠然寂静。水潭的四周有几块体形巨大的石头，站在石上，清澈的潭水一眼可望到底。潭底水草不多，只是一颗颗圆形的鹅卵石静静地躺在水底。我独自一人躺在潭边的一块平整的巨石上，望着天空里烟絮般的白云缓缓飘过，心里忽然产生想要把它们留住的想法。身上荡过的轻柔的风，像是被一位心爱的姑娘细细抚摩。后来自己竟不知不觉地睡去了。回程的路上，我耐住激动的心情没有向其他人说明这一处风景的所在，是不想让别人打扰这里的安宁。

此后又一个周日的上午，我和阿素、洛越一起来到了这个安静而美丽的地方。当我们三个人踏上这一大片各种植物都在茂盛生长，显示着世间蓬勃的生命力的地方，夏天的太阳有些灼热地照在我们身上，也将我们三个人的身影投射在了温柔的草地上。夏花绚烂，风吹过黄杨林时，茂密的树叶发出"沙沙"的潮水一般的声音。我们在此游走，从一片绿走向另一片绿，从苜蓿走向春黄菊。我们穿过树林，沿着那被不知名的灌木淹没的小路，一直走到水潭边。

中午的时候，我们在水潭边的树下铺开花色的桌布，摆上我们带来的食物和饮料，伴着耳边的鸟语花香享受我们的午餐。那天洛越的心情格外的好，还第一次为我们两个人讲起笑话，可那笑话并不好笑。当洛越讲完，看到我和阿素露出的勉强的笑意，竟不好意思地低下头。

"啊，对了，有个好消息要告诉你们。本来不想今天说出来的，可不知道为什么，总是觉得在心里快要忍不住了，那就今天说出来吧，反正你们两个也是我的好朋友，也没有什么其他人可以说的。"

"什么好消息呢，洛越，快告诉我们吧。很想知道。"

"唔……就是，我要结婚了。"

我心头一惊，"洛越，你要结婚了？以前从来没听你提起过。什么时候呢？"

"大约在十一月吧。到时我会提前通知你们的，你们一定要送礼物的呀。这可是人生的大事呢。"

尽管我有些吃惊，感觉这消息来得有些过于突然。因为这两年，我和洛越见面的次数比以前多了许多。我们有时会去市里找她，而她偶尔也来小城看我们。

"祝你幸福，洛越，我和小棠一定会出席你的婚礼。"

阿素笑着向洛越表示祝贺，并举起手中的啤酒与洛越相碰。

"现在是七月了，还有四个月你就要结婚了。还有什么需要帮忙的吗？"我问洛越。

"没有什么了。谢谢。我想简单一些就好，毕竟身边能聊得来的朋友也不是很多，亲戚也想先不通知了，免得给大家添麻烦。"

"新房呢，是在市里，还是你在檀山的老屋。在父母家里一起住吗?"

"新房，就是我租住的那个房子嘛。你们去过的，忘了吗？那年你们送我回去的那个晚上，两年多前了吧。哎呀，时间过得好快。我前段时间请人把房间彻底粉刷了一遍，很漂亮，再添几样简单的家具就可以了。"

"你男朋友呢，他还好吧?"我还是不无担心地问出这句话。

"挺好的。这两年来一直在做生意，还是比较忙，会经常出差，不过较之以前稳定多了。"

"乐队呢？他还想搞音乐吗?"

"乐队，他倒是很少提起了，也许是忙得顾不过来了吧。因为要经常出差，奔波于各地，有时回到家里也就是两三天的时间，便又要出去了。"

"好吧，洛越，既然这样，我们祝你幸福。"我也举起啤酒与洛越碰杯。

"哎呀，听起来好像酸溜溜的，是不是舍不得我了。哈哈……"洛越望着我如此问道。

"哪里，只是觉得有些突然而已。放心吧，我和阿素一定要带着礼物出席你的婚礼的。"

"好，等日子一定下来，马上通知你们。"

吃过午餐，我们各自拿出泳衣，因为我事先告诉了他们，这里有个不深的水潭可以游泳，洛越跑到远处的大石头后面去换衣服。我和阿素换好以后，便先到水潭里面游了起来。凉爽清澈的潭水浸没全身，驱走了暑气和疲劳，精神也为之一振。阿素的游泳水平很棒，比我高出了许多。他快速而熟练地在水中游了几个折返。而我只能羡慕地望着他像鱼一样在水中灵活优美地施展身姿。一会儿，洛越有些羞怯地从大石头后面慢慢走过来。她穿了一件深蓝色上面印有黄绿色花的传统式的连体泳衣，光着脚丫走到潭边，小心翼翼地伸出白皙修长的腿伸到水中，试探了一下。

"洛越，快下来，有什么不好意思的。水很干静，很舒服。"

洛越有些含羞地下水后，身体轻轻一划便漂到了水潭中央，真没想到洛越也游得那么好。好像根本不费任何力气，就是那般轻飘飘的身体，柔和得像一叶小舟在水面轻轻荡漾。

"洛越，没想到你游泳这么好，什么时候学的呢?"

"不知道了吧。让你敢小看人，我在学校时还是游泳队的呢。"

由于阿素和洛越的水平远在我之上，我便不好打扰他们。后来他俩竟提议要比试一番，我便索性爬到潭边的大石头上，专心致志地看他们在水中快速地往返。坐在潭边，望着水中尽情游来游去的阿素和洛越，听着他们不时传来的悦耳的笑声，尤其是阿素，看不到往日忧郁伤感的面容，此时展现出来的是一个青年充满自信和骄傲的笑脸。这一刻要是能一直这样下去该有多好。我在心中默默地祈祷。

洛越游了一会儿，竟向我这边游来，攀上岩石，和我并肩坐在一起。我仔细凝视洛越，我们在6岁的时候，在那幼小心灵中刻下彼此当时模样之后，我们又一次望着眼前已经长大成人的彼此。洛越被水浸透的黑黑的长发贴伏在她白皙的脸颊和脖子上，一串串明亮的水珠，顺着发梢从消瘦的肩膀滑落到后背和大腿上。湖水一般深邃澄澈的眼眸和羞涩的嘴唇倒是和以前一样。少女的轻盈柔软悄然褪去，变成了肉体富有魅力的美丽姑娘。乳房的形状很漂亮，大小适度，将胸前的泳衣勾勒出迷人的曲线，腰腹部柔和的线条与不是十分丰满的臀部显得恰到好处，洛越修长笔直的大腿上，能看到柔滑的皮肤下面浅浅的蓝色红色的细微的血管。洛越的美丽并不光彩夺目，而是自然而然的，如岩缝中悄然涌出的清水一样，纯净透明，流进心田。洛越被我盯得有些不好意思。

"看什么呢，坏蛋，可不许有不好的想法。"

"怎么会有不好的想法，我在想我们小时候，那时我们才有6岁，一转眼，快二十年了，你已然是个快要嫁人的大姑娘了。时间过得好快，就像昨天一样。"

"是呀，真的很想回到过去，回到我们小时候。"

洛越起身去远处的岩石后面换衣，她离去的背影，自然荡漾着一种给人以亲切抚慰之感的独特的娴静。我闭上双眼，仰面躺在平整的石面上，回想着6岁那年病房里面洛越伤心难舍的眼神；直到分开很多年后，她第一次来学校找我的那个傍晚，背向夕阳从远处向我跑来的亲切熟悉的少女甜美的笑脸；在阿素家里一起过生日时，在摇曳烛光里轻轻望向我，却饱含深情的微笑。我又想到了在美丽的草坪上，洛越穿着温柔的婚纱，宛若天使，身边围拢着朋友的祝福，我和阿素穿着笔挺的西装，那样重要的日子里当然要穿西装，彩色的花瓣在彩色的天空漫天飞舞，飘落在洛越的头上，也同样飘落在我和阿素的肩上。那简直成了世间一场最美丽的盛宴。

"睡着了？"

洛越换完衣服又回到了我的身边，她又穿起了那身朴素的天蓝色的连衣裙，笑着对我说。眼角漾出的微笑，将一颗幸福之心所留下的美丽轨迹描摹下来，一如将萤火虫在夜色中曳出的弧光留驻在心底。

"很美。"

"什么，很美？"

"你，很美，洛越，很美。"

"不信。"

"不信你看。"

我和洛越一起俯身，望向水中的我们，夏天里的阳光，闪闪耀眼，那天我和洛越第一次一起在天地间照了一面大大的镜子。

阵阵秋风在这个小城刮起的时候，秋日里的暖阳更像是弥足珍贵的礼物，只愿在不多的日子里出现人间。道路边的芒草也已经枯黄。寂静萧条，是整个小城的色彩。我系上了父母当作生日礼物寄来的围巾。阿素裹紧风衣，竖起衣领，我们共同来到海边，在我们常坐的岩石上并排坐下，望着远处铅灰色、波涛起伏却默默无言的大海。

"阿素，天凉了，为什么不把围巾戴上，一定很好看的。"

"不觉得冷，的确很好看，所以舍不得戴。我要好好留着。"

"阿素，不必这样的。生日礼物每年都会有的。"

海风吹起阿素的长发，长发掠过阿素消瘦棱角分明的脸夹。唇边也有了一圈短须，使得阿素整个人看上去，有一种无以言说的忧郁的静美。

斯里兰卡的来信

　　一直等到了十一月初，洛越也没有传来婚期的消息。我给洛越打去电话，电话里洛越心情比较低沉，告诉我婚礼可能要延期了。具体到什么时候，她也说不定。我开始有些担心，怕洛越遇到了什么麻烦，又不好向我们表达。

　　一个周日下午，我和阿素开车来到市里，来到洛越的家。洛越租住的这套房间是一个南北向的两居室。房间被洛越前些时候粉刷一新，显得干净明亮。她还有心地将卧室刷成了柔柔的淡粉色，充满温馨之感。房间里面是洛越前段时间置办的几样家具，原木色的餐桌、四把椅子、一个柜子和梳妆台。我和阿素坐在沙发上，洛越用棉布细心地擦拭着家具。为我们沏茶，好像一位贤淑的家庭主妇。她解开系在身上的围裙，额角的头发被汗水打湿。洛越在我身旁坐下，用手抹去汗水。

　　"真的不好意思了，又让你们替我担心。"

　　"没有什么的，洛越，我和阿素只是来看看你。"

"明白，是因为婚期的事情。"

"是什么原因延期了呢？"我问。

"具体的我也不是很清楚，上个月他好像一下子忙了很多，我也很着急，毕竟离原定的婚期很近了，可还有很多事情没有准备好。我和他商量此事，他没有多说什么，只是他觉得在十一月结婚时间有点紧迫了，想必也包括他心理方面的吧。好像在心理方面也没有完全准备好，所以就先拖下来。"洛越有些失落。

"现在想想可能还是不应该提早告诉你们，在没有完全做好准备的情况下。"

"那要拖到什么时候呢？"我问洛越。

"半年吧。可能会再稍久一些。我也不想催得太紧了。毕竟他比较忙。当初我提议结婚的时候，他倒没有什么不同意见，十一月的日期也是我提议的，想赶在新年前。现在看来，还是有些仓促了。"

"哦，没有关系的，洛越，半年时间很快就过去了。还可以用这段时间细细准备一下，毕竟结婚是大事情，还是做好充足的准备比较好吧。"我安慰洛越。

太阳下山的时候我和阿素起身离去，洛越要为我们准备晚餐，我们仍然没有留下。一是不想让洛越太过于操劳了，二是实在没有什么胃口。

回小城的路上，我把我的担心向阿素提起，阿素说可能是我们对洛越的男朋友不够了解，所以才会生出许多担心，应该不会有什么事情。我想大概是有道理的。不要因为我的一些揣测影响到洛越，毕竟她是一个那么善良的好姑娘。我们能做的只有继续等待下去。

新年和春节相继接踵而至。不知道为什么，每一年的这个时候，阿素就会较以往更加寂寞和少语，处于更加的焦躁不安之中。阿素总是穿着那件老式的咖啡色的风衣，每周一次地洗干净，然后继续穿在身上，风衣的颜色可能是日久的关系，已有些褪色了。而且由于阿素很瘦，这件风衣穿在他的身上明显不合体，显得过于宽松，可阿素却有着一种近乎扭曲的执着。春节期间，我照例去国外与父母相聚。

其中的一天，我们来到商业区逛街，心里想着给阿素和洛越买些礼物带回去。我向父母说起，他们当作我和阿素生日礼物寄来的围巾，阿素十分喜欢，可一直不舍得戴。父母听后笑说："那孩子真够有趣的。"然后我们一同来到了那家男装专卖店，看看可有合适的作为礼物的东西买给阿素。进入宽敞明亮的店面，各种颜色和款式的当季男款服装琳琅满目。在男士围巾区，我一眼就看到了送给阿素的那款浅灰色的围巾，系在一排围巾架上。我心里便有了主意。我向服务人员咨询，可有与这条围巾搭配的男士风衣。服务人员细心地想过以后，挑选出一件黑色的、最新款的男装短款风衣。我来到试衣间，将风衣穿好。服务人员又很贴心地取下那条浅灰色的围巾让我搭配在一起，果然十分合适，好看。阿素与我胖瘦差不多，只是个子比我高。我望着穿衣镜中的自己，仿佛见到了阿素就站在面前，想象着阿素穿起这件短款风衣，围着围巾，配上他忧郁的眼神，简直像电影明星一般迷人。

高兴地买下这件风衣，又想起该为洛越买什么作为结婚礼物呢。当父母听说小时候同处一室的小病友已经是待嫁的美丽的新娘，显得又高兴又吃惊。他们也记起了那时的洛越，一个瘦小短发的小女孩。妈妈说既然是送给女孩子，而且是结婚礼物，还是要慎重一些，一定要买一件有意义的礼物才好。那天我们逛了好多家商店，最后在一家装潢考究的首饰店里，为洛越挑选了一条不很贵却又十分漂亮的水晶项链。装项链的盒子是一个桃心形的精美的金属盒子，好像八音盒一样，在里面红色的天鹅绒衬托下格外美艳动人。

那一天虽然很劳累，可心中异常满足。节后我很快回到小城，当阿素将那件短款黑色风衣穿起，简直比我想象的还要漂亮。黑色的长发，配上黑色的风衣，显得阿素是那么充满神秘感而迷人。

那之后的一个周日，我和阿素开车去找洛越。分开了几个月没有见面，没有音讯，中途我曾几次想打电话给洛越，却终没有打，怕给她带来更大的压力。意想不到的是当我们敲响房门，打开门的却已经是房东本人了，一个五十多岁的妇女。当房东听说我们是从之岛赶来，是洛越的朋友，还是礼节性地把我们让进屋里，并为我们倒来茶水，坐在沙发上聊了起来。

"那女孩子可也真够奇怪的。搬走大约快一个月了。大概春节前吧，走的时候很匆忙。本来还打算在这里结婚的。可两个人把房子也粉刷了，家具也买了，哪，你们看，家具还在这里，几乎没有用过，却急急忙忙地说要出国，房租本来也是交到了八月底的，一年一交嘛，这样会给他们比较优惠的价格。却忽然急着要走，还是我心肠比较好，退还给了他们半年的房租。这些家具也只好留下了。嗯，你们作为她的朋友，也不知道原因吗？还要问我。这个女孩子，也真是有点莫名其妙。"

虽然房东的话音仍然传入我的耳朵，声波继续震动耳膜，可大脑已经无法再把它们置换成语言。我已然无心再听她继续说下去，胸口空荡荡的，像有风直直地灌进来。我拉着阿素起身离开。阿素匆忙中还说了句："抱歉，打扰了。"

来到楼下，我急切地拿出手机，拨打洛越的电话，话筒中却传来电话号码被停用的语音消息。我又反复拨打了两次，仍然如此。我气急败坏地将手机摔到车后座上，又去车内衣服口袋里摸烟，翻了几个口袋也没有找到，阿素走过来，靠在车边，拿出两支烟，递给我一支。当他点燃火机，捧到我嘴边为我点烟时，叼在我口中的香烟剧烈抖动着，几次都没有对准火苗。

回小城的路上阿素不断地在安慰我，不要过于着急，洛越匆忙离开，一定有她的理由。"也许是遇到了什么紧迫的事情呢，也未可知。还是继续等下去吧，等洛越来和我们取得联系。"

回到之岛小城时，天色已晚，还下起了大雨。汽车驶上靠海公路后，我隔着车窗，望着外面雨幕下无边深黑的海面，心中仍然焦急万分。在路边的便利店中我们买了两份速食便当，回到家中简单地吃了晚饭。外面的雨不知道什么时候停歇了，打开阳台的窗户，湿漉漉的海风吹进房间，被春天的阵雨洗涤过后的空气里有一股甜丝丝的味道，呼吸起来让人舒畅了许多。

我和阿素的心情也好像振作了一些。我拿出啤酒，我们边吸烟，边喝啤酒。

"累了吧？阿素。辛苦你了。"

"没什么，不觉得累。只是离开时在楼下见你打电话时那般焦躁的样子，倒是第一次见到。"

"不好意思，当时太过着急了。让你为我担心，实在过意不去。"

"没什么，不要客气。"阿素笑了笑，继续喝着手中的啤酒。

"对了，阿素，给你看看我给洛越准备的结婚礼物。本来想今天送给她，她一定十分开心的。唉……只好以后见面再给她了。"

提起给洛越的结婚礼物，我的心情明显转好。我从一个提袋里面取出那个金黄色的桃心形状的金属盒。

"怎么样？阿素，很漂亮吧。"

"嗯，的确十分精美。"阿素说。

我小心翼翼地打开八音盒一样的金属盒，里面的水晶项链在我们眼前发出耀眼的光芒。"阿素，好看至极吧。如果今天洛越在，一定会很喜欢。这可是我花了很长的时间为她特意挑选的呢。"我抬起头，望向阿素。一瞬间却发现阿素整个人像是被什么击中了一般呆滞在那里，眼睛直定定地望着盒子里面的水晶项链。他一句话不说，就这样一动不动地望着我捧在手中的项链。甚至在这有些寒冷的春天的夜晚，阿素的额头竟然生出了汗滴。

"喂，阿素，你怎么了？是不是哪里不舒服。"

阿素没有说话，渐渐弯下腰，双手绞入长发，紧紧地抱着头，好像头痛欲裂的样子。我十分担心，赶忙放下手中的盒子，扶住阿素的肩膀。阿素的肩膀在我手中抖动起来，接着胸口便发出强忍一般、低沉的抽泣的声音。我一下子害怕得茫然不知所措，在我和阿素认识的这几年里，虽然也知道阿素性格十分内向，平时沉默寡言，除我之外不再有什么朋友。但见他如此伤心还是第一次。我起身拿来一条毛巾，轻轻地碰了一下阿素，阿素接过去，捂在脸上。我又给他倒了一杯白水放在手边。我静静地坐在一边，过了很久，阿素渐渐平静下来，他点燃一支烟，一言不发地默默地吸完，喝完杯中的水，阿素告辞离开。他出门时，我从他的眼中看出他好像还有许多的话要对我说，可欲言又止。

我在阳台上看见阿素汽车的红色尾灯渐渐消失在公路的转角不见。

接下来的时间，我的心情也纷乱至极，做事情总也无法专心致志。还出过两次差错。那晚阿素痛苦的近乎失态一般的表现让我担心不已，总觉得阿素的心里某个角落，藏着别人无法抵达连他自己也不敢去触碰的东西，却像诅咒一般无处不在，深深困扰着阿素。

洛越仍是没有音讯，我中途又拨打过几次洛越的手机，还是无法接通。我曾向阿素说要去洛越和我说过的地处檀山的老屋去寻找洛越的消息，被阿素阻止了。他说："洛越的突然离开，一定有其不易被别人理解的原因，我们贸然前往，如果没有寻到洛越，反而会给她的家人带去不安的消息。"于是我便放弃了这个想法。

　　时间继续赶路，五月的一个傍晚，我拖着疲惫的身体下班回到家中，却不知为何偶然间瞥向楼内的信报箱，多少年来，除了每月的水电费通知单，或是一些无聊的广告之类的东西，再无什么信件寄来。我打开报箱，没有缴款通知单，没有垃圾广告，只有一封信静静地躺在那里。我一把抓出，信封上除了写有我家地址和我的名字之外，还有着一些不太认识的外文，连邮票和邮戳也是国外的。正当我迷惑不解之时，信封的右下角，看到了洛越的名字。近半年时间，总算有了洛越的消息，激动的心情无以言表。那一瞬间，感觉周遭的一切都静止下来，万籁俱寂，我能清晰听到自己的心脏剧烈跳动的声音。我一口气跑回家，甚至跑进了卧室，我关好房门，坐在床边，让自己躁动的心情平复下来，才开始读洛越远方的来信：

　　近来一切可好？我知道自己这样问有些自私，不过还是想知道你可安好。原谅我的不辞而别，我也知道我这样说一样自私，可还是想得到你的原谅。

　　这封信是从斯里兰卡寄来的，当然我本人也在斯里兰卡。我是去年的春节前匆匆离开，又匆匆来到斯里兰卡的，在这里已经快半年的时间，这段时间里发生了很多事情。有的我有预感，有些始料不及。我想你可能给我打过很多次电话了，因为来到国外，所以国内的号码停用了。很抱歉，走之前匆忙至极，所以也没来得及给你打电话通知一下。可这仍然只是个借口罢了，打电话的时间怎么可能没有呢，就算时间再紧迫，走得再匆忙，打个电话的时间也总是有的，所以我说这只是个借口。究其原因是我没有勇气打给你，以至于我到了这里已快半年之久，还是没有勇气给你打电话，所以才写信给你，就像小时候一样，是吧。害怕给你打电话，是因为怕你问起我的一些问题，我当时无法回答。你之于我的担心，我十分理解，亦非常明白。因为那些也恰恰是我担心的。

新年过后不久，他有一天忽然对我说要来斯里兰卡，具体多久呢，一年吧，或是更长。当我听到这个消息时，也觉得来得太过突然。我有过犹豫，可他好像很急，坚决地说，要么一起来，要么就只能分开。我当时简直伤心透了，失魂落魄，哭得像个泪人一样。为什么要来这里，来这里做什么呢？他固然有他的事业，可我呢？但我更不想分开。我害怕分开。经过两次彻夜长谈之后，我还是决定跟他来这里，具体以后的事情要如何发展，也只好顺其自然了。所以那段时间忙着做离开的准备，办理工作离职手续，还有作为婚房的房租，已经购买的结婚用的家具等问题，处理起来也十分麻烦。毕竟这种突然间的搬离，也让房东感到措手不及。后来和房东商量了几次，才同意退还半年的房租，而家具要全部留下，不然，又能带到哪里呢？

来到这里之后，起初感觉十分陌生，好在周围人都亲切友好。一段时间之后我也慢慢适应了。一定没想到吧，我后来竟然在这里找到了一份工作，在一所学校里面，教孩子们游泳，你可记得，我的游泳水平还是很高的。作为孩子们的初级教练，这样的工作完全可以胜任。一个学习班12个孩子，一共三个班，我已教完一个班，还有另外两个。楼下一个8岁的小女孩也在我的游泳班上课。长得十分漂亮，活泼可爱。我看着她，就好像面对着儿时的自己。小女孩时常上楼来找我玩，上完课后，我们一起去茶园，看当地妇女在茶园中辛苦劳作。这里的茶园很美，在山坡上一望无际，正午阳光十分强烈，茶园在明媚的阳光下，生出袅袅的炊烟。可妇女们仍是带着满足的笑容，在这里采茶，同时也会有游客至此拍照摄影。

写到这里，我想你一定要问，婚礼呢？现在可以回答你了，没有婚礼，是的，没有婚礼。在来到这里之后不久，大约在四月初吧。他匆忙回家，收拾好他的衣物用品，留给我一部分钱，其余全部带走，只对我说了一句，不用等他了。他不会再回来了。你也许猜不到，在他如通知一般地告诉我他要走了，并且不会再回来的时候，我竟然没有伤心。相比在国内要我做选择时，这次我没有太过伤心。好像早做足了准备，等待着这早晚要来的结果。对这一切的到来，也能平静接受。不平静接受又能怎么样呢？还要在异国他乡哭成一个泪人吗？让周围人都知道这个女人被男人抛弃而痛不欲生。

可是，有一点我不明白，我不明白命运之于我为何如此，我自问没有做过任何坏事，是个善良的人。可为何却是这般下场？高中时交过的那个男朋友，你知道的，也是在他奔向前程之时，决绝离开。他们可曾为我想过呢？我又做错了什么？每一次全心全意地付出，不求好报，喜忧参半的结果我想我也可以欣然接受。可到头来还是一样。所以这一次的分手，我平静的、或者是心安理得地接受。他离开后，我也没有急着回国。一是我的授课工作还没有结束，还有两个班的学生在等着我；二是我也想在这里待久一点。

后来我独自走过这里的很多地方，康提、斯基里亚，我一个人都走过了。狮子峰也去看过了，很美。不要为我担心，这里一切都还好。等我的工作结束，大约在八月吧，我就回去。我知道这么长时间，你一定着急找到我，我能想到，也许还会大大地生我的气。不过我回去后也请不要急着来找我，好吗？尽管我很多次地对你说来檀山看我，自己也无数次地憧憬站在山坡上，看着你从山下的小道走来，如果在八月底我回来，我想自己待上一段时间，好吗？请原谅。

随信附上了一张照片，是两周前我在康提时照的。我没有让别人帮忙，把我摄于其中，而是一个人照下了这张风景照。那时夕阳渐落，你知道吗，由于所处地理位置的关系，斯里兰卡四季温暖，落日的余晖下，是最令人感到舒适和愉快的。可我当时，虽身沐暖阳，却有如泡在冰冷的湖水中，浑身冰彻入骨，痛遍全身，那个时候，如果有你在我身边该有多好。请务

46

必不要为我担心。代问阿素好，也很想他。

洛越

读完信，我拿起照片细细观看。照片是在一个好似山顶的平台拍摄下的。夕阳正在缓缓西沉，将福音般温暖的光芒洒向大地，天空飘浮着几朵轮廓清晰的云，每朵云都镶有金边。远方是一望无际的树木丛林，直到眼光所及之处，全是一片葱绿。远处还有一座小山，姿态安详。这一切无不笼罩在金色阳光之中。夕阳满树的黄昏，日落乌啼，四野烟笼，颇有日暮乡关之感。看完照片，我重读来信，就这样，墙上挂钟发出的单调且步伐一致的声响沉重地碾压着时间，碾压我的知觉。当暮色四合，窗前昏暗一片，我仍读着洛越的来信，泪流满面。生活就像是一场接一场猝不及防的梦境，在没有任何提示和准备的状态下，带我们倾情入梦，或深情，或潦草。

偶然发生的事

　　睡一会儿醒来，又睡一会儿又醒来，如此这般反复了不知道多少次。这是有生以来第一次严重失眠，或者说是真正意义上的失眠，以前偶尔的情况也有过，只不过后来还会睡去，可今晚却是完全不一样的。

　　后来，我索性放弃了试着继续入睡的念头，开始回想过去的生活。想起上中学时期的自己，好像对功课始终提不起什么兴趣，唯一喜欢的可能是地理一门功课。得知这世界上竟然还有着那么多与众不同的国家，有着那么多与众不同的人和自然景观，以及大自然像魔术师一样变幻万千。虽然不很用功，考试却基本还能顺利过关。属于不好不坏的那种，所以不管是老师，还是班上的同学，都不会特别注意到我。而我也觉得这样正好，不用去应付太多自己本不熟悉的事情。

　　放学后，当轮到值日的日子，其他同学好像对每月才能轮到一次的值日抱有很抵触的情绪，好像那天一切都不顺利，心情糟糕透顶，做事情也做不好；可我却恰恰相反，总是反复计算着还有多少时日才能轮到自己。放学后，同学们或是赶着结伴回家，或是赶着到操场上玩耍，空荡荡的教室里只留下我自己。而我一个人，先把黑板上的字全部涂抹干净，把每一把椅子反扣在课桌上，然后清扫地面，并用拖布认真地拖两次地。把窗台也擦干净，好像很少有人这样去做，因为每一次，我都能从窗台上抹去厚厚的一层土。然后便趴在窗台上面，看着外面操场上进行锻炼的学生们，或是转身向内，望着水泥地面上的水痕神奇地一点点蒸发掉，露出镜面一般的光亮，映出教室内的所有一切。这一过程中没有丝毫觉得无聊或是辛苦，反而是很享受那段时光。

从小到大一直是独来独往，真正意义上的朋友好像从来没有过。直到遇见阿素。后来阿素和洛越成了我最好的朋友。我全身心地幸福在这份友情之中，好像把自己从懂事起一直以来积攒下的友情，毫无保留地投入到他们身上。同样我也得到了巨大的回报。可我又不时地莫名其妙感到恐惧，并被这分恐惧深深困扰。这分恐惧的来源我自是十分明白，那便是害怕失去。当我们去郊游的那天，水潭边洛越说她要结婚的时候，我除了感到吃惊，更多的是一种失落。虽然我知道从我内心来讲，我没有爱过洛越，只是喜欢，至深的喜欢，从7岁时开始。却和洛越所讲的6岁的爱情有着不一样的本质区别。可得到洛越要结婚的消息，心里还是有很深的失落，怕从此失去洛越，不能再像从前一样。洛越遭到不幸，婚礼成为泡影之后，我也非常痛苦，甚至当时发疯一般寻找

49

洛越。觉得这样一位好姑娘如此深深地受到不公的对待和伤害，同样让我感到气愤和难过。阿素年龄只比我稍长九个月，我却能感受到来自他的真诚和对我浓浓的关心和爱护。有时更像兄长一般。诚然他比我的经历要多，处事也要比我成熟了许多。可积压在他内心至深之所的痛处，时时让我觉得阿素迟早要离开。关于这点，我不曾向阿素说起过，因为怕提起，会加速阿素从我身边的离去。

之后不久，很偶然的事情发生了，我和阿素竟一起打了一次架，现在回想起来，那次打架是如此的难忘，以至于说感到幸福也不为过。至少对我来说是那样的。像是注定要发生一样，阿素揭开了他不曾在任何时候提起也不为别人所了解的生活。

现在的我回想当时，回想阿素陪伴在我身边的岁月，多希望能和他再一起打一场架，哪怕是打几十次上百次，那样该有多好。

一个周日的中午，我刚刚洗好衣服，把它们齐整地晾在阳台上，阿素打来电话。

"今天可有什么要紧的事情要做？"阿素问。

"今天是休息日，哪里有什么要紧的事情去做。"

"那太好了。"

"怎么？有什么事情吗？"

"如果可以的话，和我一起去市里送趟货吧。应该说是帮我送趟货。"

"好啊，没有问题。阿素，你在哪里，在店里吗？我过去找你。"

"不用了，我一会儿开车去接你。现在有点事情要处理一下，半小时后楼下见。"

半个小时以后，阿素准时来到我家楼下，当他从车上走下来，我才发现，阿素的右手裹着厚厚的纱布。

"怎么受伤了，阿素，究竟怎么搞的？"我关切地问。

"没有什么，早上跌了一跤，把手划伤了。"

"跌了一跤，很严重吧。"

"倒不怎么严重，只是把手背弄伤。上午在店里，一不小心，绊了一下，正好摔在了卷窗门旁边，手背划了一个大口子，刚去医院包扎了一下，没有什么大事。只不过今天有两箱水果要送到市里，可手却提不了重物，开车也不是很方便，所以想让你和我一起去。"

"哦，没什么大事就好。阿素，以后可要小心啊。走吧。我来开车。"

我们送完货已经是下午六点钟，便在市里吃了晚饭。然后又去一间酒吧坐了两个小时，将近晚上十点的时候，我们准备回家。车在市区拐过两个路口，前面有一间便利店，阿素说要去买烟，让我在车内等他。

就在这时马路对面传来了喊叫声，三四个二十来岁的年轻人，正在骑车追赶一名十三四岁的少年。少年在前面猛跑，后面几个人骑着自行车追赶着那少年。"别让他跑了，快拦住他。"少年只顾边跑边回头看后面的人，却没发现前面也有来了两个骑车人，拦住少年的去路。少年没有停住脚，被别倒在车前，而他倒下之后，还没有来得及爬起，后面的三四个人和前面赶来的两人便将那少年围在中间，继而狂风暴雨一般的拳脚，叠加在少年的身上。"住手！"阿素喊了一声，便快速地穿过马路，向对方跑去。我也赶忙拉开车门，跟了过去。倒在地上的少年脸上开始出血，围在他四周的五六个人见阿素和我跑到近前，开始愣了一下，见我们只有两人，便没放在心上。"没有你们什么事，快滚开。"说着又朝那少年的头上重重踢了一脚。阿素没有再说话，直接扑了上去，与他们扭打在一起，我也同时和另外两人纠缠起来。毕竟对方人多，我们两个人开始落于下风。一个高个子的男子，猛地一脚端在阿素的胸口上，阿素从我的前方迅速向后面倒去，多亏路边停着一辆无人的小汽车，阿素才没有摔倒，倒靠在车身上面，头却由于惯性，猛地撞在了汽车的后备厢上。不及阿素起身，一个染着红头发的男子，抢起一截铁链，向阿素重重抽去。"小心，阿素。"我来不及反应，本能地朝红头发的小腿上踢了一脚，红头发站立不稳，摔在离了阿素半米远的地方，可那截铁链还是抽在了阿素抬起的胳膊上面。发出瘆人的、铁器击打骨肉的声音。可接下来发生的场面让我永生难忘，也是那凶残的场面，直接结束了那场我们本来必败甚至都要受伤不轻的打斗。阿素一瞬间俯身揪住跌倒在他身前的红头发的衣领，把红头发的头部重重地向身靠的汽车后部撞去，发出"咚"的一声巨响。红头发想挣脱开，或是从衣服里面钻出来，以摆脱阿素的控制，可他穿的带帽子的棒球服太过于结实和复杂，始终无法挣脱出来。

阿素也没有给他这个机会，紧紧抓住对方的衣领和帽子，将红头发的头一下下猛烈地撞向汽车。"咚，咚，咚"的一声声巨响，让打斗一下子停止了。本来对我拳打脚踢的两人也放开了手，阿素甩着冰冷的长发，死死拎着已经停止反抗，或是已经没有反抗能力的红头发，仍在不停地把对方的头往车上撞。"阿素，快停手，再打下去，要出人命的。"我跑到跟前，抱住阿素的双臂，从他手上扯下红头发，推到一边。他的同伙们愣了好一阵，才从梦中醒来一样，搀起头上流血不止的红头发，快速离开了。而刚才倒在地上受伤的少年，站在远处，眼中满含恐惧地望着阿素和我。"没有事情了，你快走吧。"我向那少年摆摆手，那少年才迈开双脚跌跌撞撞地离开。

我和阿素疲惫地靠在汽车上大口地喘着气，阿素向脑后拢了拢了长发，凶残的表情退去，他望着我，嘿嘿地笑了起来。阿素右手的纱布已经被血染透，也许是在刚才的打斗中再次受了伤，或是早上才包扎的伤口又裂开了。

"阿素，你又流了好多血，赶紧找家医院或是诊所再处理一下吧。"

阿素不当回事地抬手看了一下，竟然幸福地笑了起来，"谢谢，兄弟。"把我紧紧地抱在怀里。

我们到一家诊所处理完阿素的伤口，回到我家时，已经是深夜。我们都没有睡意。

"喝啤酒？"

"太好了。正想喝。"

我拿出两听啤酒，递给阿素一个，我们便坐在沙发上聊天。

"阿素，没想到你打架那么凶猛，刚才我都看呆了。我好像是长大后第一次和别人打架。"

"啊，是吗？"阿素又回到从前的样子，没有了刚才在打斗时的那分凶狠与洒脱。

"事情也真够突然，连那孩子为什么会被那一群人追打都没搞清，就一下子卷了进去。"

"可能是那一瞬间想到了其他的事情，所以才这么做了。"

"不管怎么样，能和你一起打架，荣幸之至。"

我举起啤酒，和阿素相碰。

"哦，对了，有了洛越的消息。洛越寄来了信。"我把洛越的来信从抽屉里取出，拿给阿素。

"太好了，总算有了她的消息，她还好吧。"阿素说着，手指伸进信封，却又停下，犹豫该不该取出来读。我觉得好笑。

"拿出读就是。没有什么不可告人的秘密，我们都是朋友。"我坐在一旁，看着阿素默默地读完信，又把那照片仔细看了一会儿，微笑着装好还给我。

"也不知道洛越现在怎么样了。很惦念她。"我自言自语道。

"喂。"

"嗯？"

"喂，喂。"

"什么？"

"喂，喂喂，喂喂喂，不会是爱上人家了吧。"阿素笑着对我说。

"怎么会呢？只是放心不下而已。"

"怎么不会呢？你们那么小就认识了。洛越又一直都喜欢你，对这点，她从不隐瞒。你好好想想，你就从来没有对她动过一点爱的念头，而不单单只是你所说的喜欢？"

"阿素，没想到你这个平时看起来总是冷冰冰的男人还有细腻的心思，和爱情的感觉。"

"说真的，洛越和你真的很般配，我不止一次地想对你说。洛越是那么自然大方，而且洛越的感情很朴实，待人又好。尤其是对你，可以说爱得很深。你不要先入为主地总是把小时候的那种玩伴的感情拿出来想，想一想你们成年后，这些年，洛越的变化。可对你，她好像一直都没有变过。"

"喂。"

"嗯？"

"喂，喂。"

"什么？"

"喂，喂，喂。"我报复性地笑着对阿素大喊，阿素这才反应过来，不好意思地哈哈大笑。

九月的时候，小城已经褪去了闷热潮湿的感觉。天气开始变得凉爽起来。傍晚时分，初秋的晚风吹起，我和阿素来到海边，坐在我们常坐的岩石上看海。阿素的右手手背上留下了一条细细的疤痕，他却不以为意，而是当作男人的勋章一般时时抚摩欣赏。只是我再难见到上次一起打架之后阿素那开心大笑的神情，难过和忧郁仍如阿素本身的具有一般，笼罩在他的脸上。

"洛越回来了吧?"阿素问。

"嗯，回来了。大约二十多天前吧。回到了她檀山的老屋。"

"还没去看过她?"

"还没有。她在信上说想自己待一段时间，你也记得吧。她回来后，给我打了一个电话，以前的手机号码再次开通了。"

"回来就好。"阿素深深地说。

"是啊，回来就好。过些时候吧，我们再去看她。"

阿素望着大海深处，又点起一支烟，长久地沉默之后，阿素对我说："最近可有时间，能请几天假吗?"

"最近事情还比较多，过了这两周，月底的时候，应该就可以休假了。"

"是吗，那太好了。那月底的时候和我出去一趟吧，顺利的话，两三天即可。"

"去哪里呢? 阿素。"

"去香港。"

"去香港? 去那里干什么，去玩吗? 那不如我们一起去我父母那里吧。去国外转转。"

"不，不是去玩，是想让你陪我去找一个人。"

"去找一个人，什么人呢，阿素，这个人很重要吗?"我顿时感觉事情可能超乎我的想象，关切地问。阿素沉默了好久，捻灭手中的香烟，深深地吸了一口气，仿佛下了巨大的决心才鼓起勇气。

"去找我的弟弟。"

"天啊，你的弟弟，阿素，我们认识了这么多年，从来没有听你说起过呀。"

阿素的眼泪早已夺眶而出：

"我的弟弟，阿杰。"

阿　杰

　　当时光的列车缓缓驶过我们彼此的生活，28岁的阿素就坐在那里，深情的目光望过去，都是自己和阿杰童年的影子。

　　我们在搬来之岛以前，住在市里的老城区一个叫做西廊下的地方，一个宁静美丽的地方。那一带都是平房院落，我们家也是一个独户的小院，在那条南北向的街道的西面。院门朝东，院子也并不大，一溜三间平房，也是东西向。三间平房前面，是条与房间平行的空地。一进院门，有一棵高大的芭蕉树。父亲过早地离开我们，这个小院就是父亲最后留给我们的全部。

　　从我很小的时候开始，就只有妈妈和我还有阿杰三个人生活。比起其他家里只有一个孩子的家庭，我们这个家，只有妈妈一个人在酒楼做事，也只有妈妈一个人的收入来养家。阿杰和我自小在一张床上长大，从我记事以后，认识了这个比我小三岁的男孩是我的弟弟开始，我们便没有分开

58

过，就一起度过了那么多难忘的年月。那时候的阿杰个子还很矮小，在我上小学二年级的时候，阿杰才到我的胸口。脸圆圆的，漂亮的双眼皮下面一双大眼睛像黑色的弹子球一般明亮。

夏天的时候，我们经常一起上街游玩，我总是恶作剧一般地把手从阿杰的背心的后面一直探下去，一直把手伸到阿杰的小短裤里面，手心贴着阿杰胖胖的且有凉凉的手感的屁股蛋上，背心的前沿都勒到了阿杰的脖子，他百般挣脱，却也无法摆脱我的束缚。因为我的手纵穿他的背心和短裤，就像把他牢牢地串在了我的胳膊上面，他稍有反抗，我就会用手在阿杰的腰部搔他的痒处，而幼小的他怎么也无法摆脱我的控制，最后只好向我求饶，也只能顺从地带着我向前走。很多次的时候，我们就如此到外面玩耍，炎热的午间时光，我的手心就常常穿过阿杰的衣服，按在阿杰光滑的屁股蛋上，随着他的走动，感觉着那分软软的凉爽。有一次我们一面走，我一面问阿杰："阿杰，你是猪吗？"

"我不是猪。"阿杰回答。

"嗯？竟敢说不是。"我用手在阿杰的胖胖的腰部痒处挠了几下，阿杰扭动着身子做无谓的反抗。

"你是猪吗？"我继续问刚才的问题。

"我是。我是猪。"阿杰边笑边喘着气说，他知道了如何回答。

"你是小肥猪吗？"

"是，我是小肥猪。"阿杰聪明地说，并且因为自己回答得正确，在他红扑扑的小脸上挂着让自己满意的微笑。我们继续向前游荡。

"那你是什么样的小肥猪呢？"

"嗯？我是什么样的小肥猪呢？"阿杰再一次陷入了茫然无措。"再仔细想想，你到底是什么样的小肥猪呢？"我的手指已经按到了阿杰腰部的痒处。阿杰一下子紧张起来，"让我想想，哥哥，我是什么样的小肥猪呢？再让我想想。"看到他冥思苦想，小脸憋得通红的样子，我不忍心再让他想下去，就算他想出一百种答案，我仍然可以说不对，而去对他施以惩罚，毕竟控制权牢牢地掌握在我的手中。才刚刚4岁的阿杰无论如何也不是我的对手。"你是听话的小肥猪吗？"我开恩一般把我心里的答案提示给他。

"对，对，我就是听话的小肥猪。"阿杰恍然大悟一般地赶紧回答我。

"那么，连起来说一遍吧。"

"是，我是猪，我是小肥猪，我是听话的小肥猪。"阿杰骄傲地把三个问题的答案连贯地说了一遍。

"嗯，不错。很聪明。"我满意地说。然后我们就仍然连在一起一样，在午后宁静的西廊下的条条街道留下我们的脚印。

妈妈每天早上九点上班，吃过早饭之后，我就去上学，妈妈把阿杰一同带到酒楼去。因为他那时太小了，4岁的孩子怎么可能一个人在家里照顾自己呢。每天中午我放学回来，妈妈会提早把我的午饭做好，放在桌子上面，再扣上一个大大的网状的罩子，是为了防止苍蝇等小飞虫落在饭菜上。我中午回到家，一个人拿起挂在脖子上面的钥匙拧开门锁，掀起饭桌上那个大罩子，把里面的一盘菜、一碗饭取出，饭量和菜量一般来说都比较大，因为晚饭会晚一些才吃，所以中午必须吃饱才行。我把一大盘菜和一大碗米饭全部吃光，拿到厨房洗干净，然后抱起桌子上的白色的瓷水壶，把里面盛着的凉凉的白水一口气喝光，就躺在床上睡午觉。直到街上响起小伙伴们的叫喊声，我才从床上爬起来，锁好院门，和同学们一同去学校，进行下午的课程。

　　妈妈和阿杰要到晚上大约八点的时候才能回到家，然后我和阿杰一边玩耍，妈妈一边准备晚饭。因为要照看家里，后来妈妈就不在酒楼做厨师工作，只是做配菜的工作。那样才可以早些回来。一整天妈妈都在不停地择菜、洗菜，把各种肉类和蔬菜及配料按照需要切好，摆放整齐。晚饭后我和阿杰就看电视，或是玩纸牌，妈妈洗我们换下的衣服。大约在晚上十点前妈妈就会轰我们去洗澡睡觉。毕竟一天的工作是那么辛苦，日复一日的劳累只能靠晚上的休息来进行弥补。

　　我和阿杰躺在床上，有时并不困，就继续在床上说话或是打闹，这时隔壁房间的妈妈早已经睡熟了。有一回夜里我醒来，借着月光，看着身边像小肥猪一样甜甜睡着的阿杰，心里又想捉弄他一下。我费力地把阿杰的一只胳膊立起，手腕自然地垂下，我就趴在一旁看阿杰的反应。不一会儿，阿杰就醒来了，我问他："你怎么醒了？"阿杰说胳膊好累，像是提了很重的东西一样。想来那是因为我把他的胳膊立起后，手腕下垂，影响了血流，造成了血流不畅引起的。我像发现了新大陆一样感到惊奇。过了几天，我还是没忍住把这件事情的原委告诉了阿杰。阿杰听后，也像发现新大陆一样，兴奋地叫喊着问我："真是那样吗？真是那样吗？"此后不久的一天深夜，沉睡中的我忽然觉得有人在摆弄我的胳膊，我醒来，微微地张开眼睛，月亮的银光之下，就看见阿杰在小心翼翼地把我的胳膊往起竖，弄一点停一下，弄一点停一下，并仔细观察我是否醒来，然后继续。我强忍住笑，并像模像样地假装在睡梦中翻了个身，把阿杰费了好大劲竖起摆好的我的胳膊放倒，另一只手顺势在阿杰的屁股上面"啪"的一声，重重地拍打了一下。阿杰吓得赶忙趴在一旁，一动也不敢动，一双黑亮的眼睛紧张地注视着我，生怕我会醒来。

阿素见我听得入神，喝了一口手边的啤酒，将身体向沙发后面仰了仰，换成一个更加舒服的姿势。

"你不是老说我开车的技术很棒吗？告诉你，我在9岁的时候就已经懂得如何开车了。"

"9岁？阿素，你9岁就会开车了，这简直太了不起了。"

"哈哈……当然不是真正地去驾驶汽车，只是对如何操作，对那一整套动作了然于心罢了。"阿素笑着告诉我。

当暑期来到，妈妈便不再每天带阿杰去酒楼工作，把我们两个人留在家中，午饭当然还是妈妈早上提前做好，留给我们。我和阿杰经常在午后，去坐能够纵贯市区的通勤车。

午后的时光，车上很空，我和阿杰就来到汽车的前部，阿杰坐在与司机背靠背的座位上，我则索性根本不坐座位，我双手紧紧握住旁边的扶杆，就站在司机的侧后方，看着他一遍遍重复着那在当时的我看来，简直是神奇至极的伟大的一连串动作。每一次出站前，司机先要把方向盘下面的一个小开关搬向左边，这时，开关下面的小指示灯就会一闪一闪地亮起，并发出嘀嘀的响声。司机的左脚踏下离合器踏板，当然那时的我还不明白离合器、刹车、和油门的关系，连它们具体叫什么名字也无从知晓。踏下离合器踏板之后，司机伸出右手，将右前方的一个套着橡胶管的开关向后面拽，同时右脚踩下油门踏板，这样汽车就启动了。汽车启动之后，司机会把刚才那个搬向了左边的小开关恢复到中间的位置。随着速度的加快，司机每换一次挡，都要先踩下离合器踏板，然后把右手边的直立的挡杆按照1、2、3、4的顺序，一个个进行换挡。当中间需要减速的时候，就要先踩刹车，把车速减慢，然后踩离合器，换到低速挡。车辆进站之前，司机照样要把那个闪灯的小开关搬到右侧，然后减速进站，事先把换挡杆放在空挡的位置，直到汽车停稳。等乘客上下车结束，再继续重复刚才的一整套动作。我当时把那一整套动作烂熟于胸，双眼紧盯前方，看到什么情况，就在心里把应该做出的相应的动作想一遍，同时观察司机是否也是同样的操作。我们坐到通勤车那一头的总站，然后再坐回来。几乎每天下午一个来回。下车时阿杰总会仰起头，向售票员要一些当天的票根和废车票，我问他要这些做什么，阿杰说我来当司机，他要当售票员。当我自认为已经可以胜任一个合格的通勤车驾驶员的时候，阿杰也凑齐了各色的票根。他有时会在车站等车时，蹲在地上，低头去捡拾地上被别人丢弃的票根。那天我们下车的时候，总见到我们的售票员，拿出一根使用得已经很短的红蓝两色铅笔，送给了阿杰，其中蓝色的铅笔一头还缠绕着橡皮筋。阿杰如获至宝一般捧在手心里，不停地说：'谢谢阿姨，谢谢阿姨。'售票员阿姨疼爱地摸摸阿杰胖胖的小脸，'这小家伙，真有意思。'

　　终于在一个下午，我们没有再去坐通勤车，我把一个高一些的方凳放在院子中间，把家里的锅盖拿出来，倒放在方凳上面，这就是驾驶台和方向盘。在方凳下面我依次从左到右摆放了三块砖头，权当作离合器、刹车和油门。我又找来一根细铁棍，和阿杰一起费力地把它插在了院里地面的砖缝中，这无疑就是换挡杆了。阿杰在头天晚上，就把他凑齐的各色票根，按颜色一摞摞摆好，并排地放在一块小木板上，用一根皮筋绷紧，把它们装在一个黑色的旧皮包里面，挎在脖子上，手里攥着那根红蓝两色的铅笔头，神气活现地站在我的旁边。我坐在小板凳上，双手握紧面前的锅盖，左右脚踩在脚下的三块砖头上面，右手时不时地去推动身边插在砖缝中的铁棍。阿杰站在一旁报站，下站将是哪里，请上车的旅客买票，下站又将是哪里，一个站名都没有报错。我就驾驶着我和阿杰的通勤车，驶过西廊下，驶过各条街道，驶过整个市区。我们就那样一直开向远方，开向我们向往的未来。

　　阿素讲到这里，脸上满满都是甜甜的笑。这在我们之前的岁月里，不曾见过。阿素脸上这少有的笑容也带动了我的情绪，幸福之感油然而生。

在三年级的一次期中考试的那天，在考试前的半小时，忽然风雨大作，整个天黑压压的，教室里面的灯全部亮起来，同学们都有些害怕，在一旁交头接耳，我们从来没有经历过那样的风雨天气，伴着一声声在窗外响起的炸雷，好像世界末日真的到来。就是这时，班主任喊我的名字，"阿素，有人找你。"有人找我？我当时真的很奇怪，难道是妈妈来学校找我了？我走出教室，就看见昏暗的走廊那头，阿杰仰着头在和我们的教导主任说话。

"你来找谁呢？"

"我来找我哥哥。"

"你找他做什么呀，他正在上课。"

"我来找哥哥回家，我们一起玩开车的游戏，他是司机，我是售票员。"阿杰身上的背心短裤早已经湿透，紧紧地贴伏在小小的身体上。脖子上面还挎着那个黑色的旧皮包。脚下却穿着两只不一样颜色的湿透的布鞋。阿杰说着，低头从旧皮包里面拿出了那根红蓝两色的铅笔头，高高地举过头顶，给我们的教导主任看，"看，这是我卖票时用的笔。"我望着走廊那头一脸认真的阿杰，眼泪止不住地流下来。从我家来学校的路并不近，我不知道阿杰是如何在那个大雨天背着他的旧皮包找到我的学校的。慈祥的教导主任在那天把阿杰平安送回了家，我那天考试的试卷上字体模糊不清，因为不时地有眼泪滴在了试卷上面。

三个苹果

　　我使劲吸了吸鼻子，强忍住就要流下的眼泪。我是个独生子女，不像阿素那样，有一个弟弟。所以阿素所说的那感人至深的兄弟之间的感情我无从体会。但我一样知道，阿素的泪水，里面充满那么多幸福的含意。

　　在三年级的暑期时候，学校组织了各种兴趣小组，我报名了航模小组。可是去了两次之后便兴趣索然。一个周日下午，照例又是航模小组的学习时间，我却怎么也迈不动脚步，阿杰说要送我一段路，我们一起离开家，阿杰拿着一根竹竿，那是他重要的玩具，一整天都不离他的身边。我们走出了好远，我说阿杰你回家去吧。我去上课了，下了课我就回来。

　　那天航模课的内容是要在老师的带领下，完成一个小小的竹蜻蜓。两个多小时的课堂习做时间，老师悉心讲解，手把手地教导，经过两个小时的努力，整个小组的同学全都完成了自己的作品。课后老师带领我们来到户外，每个人都拿出自己的竹蜻蜓，双手用力一搓，一只只竹蜻蜓便扶摇直上，飞出美丽的弧线，然后缓缓降落，落在我们的怀中。

我举着自己的航模课手工作品，兴奋得一跑一跳地往家走。当我拐过一个街角，就是我和阿杰分开的地方，看到远处的阿杰坐在地上，双手各握住竹竿的一头，横在身前，正用脚在地上画圈。原来他没有回家，就坐在我们分开的地方一直等我。我走到阿杰跟前，低头看他拿脚在地上画圈。画的都是同心圆，大圆套小圆，实在画不下了，就用脚抹去，重新画。阿杰抬头看到我，高兴地喊："哥哥，你回来了。我都困了。"我把手中的竹蜻蜓在他面前晃了晃，"喏，送给你的，我下午亲手做的竹蜻蜓。"阿杰兴奋地一跃而起，把手中的竹竿递给我，"哥哥，帮我拿着。"

那天的傍晚，竹蜻蜓在前面飞，阿杰在后面追，我拿着阿杰的宝贝竹竿跟在他身后，夕阳将我和阿杰的影子拉长，温暖地重叠在一起，竹蜻蜓载着我和阿杰的欢笑声，像一个美丽的风筝，一直飞，飞到了晚霞边。

这时也刚好是傍晚时分，我和阿素起身推开门，来到阳台上抽烟。金色的光芒笼罩在我和阿素身边，阿素棱角分明的脸颊也在夕阳下变得柔和，也许是阿素谈起了阿杰，连阿素平时无味的眼神里也是柔情一片。

"阿素，你很爱阿杰。我能体会到你的感觉。"

"是啊。阿杰从小到大对我都非常好。我们一起度过了那么多美好的时光。"

"阿素，真的很羡慕你，有这么好的一个弟弟。"

"有这么好的一个弟弟，"阿素重复了一下我刚才的话，"可我在阿杰6岁那年第一次伤害了他。"阿素双手架在阳台的栏杆上，弯下腰，将脸埋在臂弯里，"在阿杰6岁那年……"阿素继续讲下去。

我在上四年级的时候，深深地喜欢上了班上的一个女生，真的很特别的一个女生。也许你不相信，我只喜欢过这么一个女孩子。她叫贾佳，一个很漂亮、很出众的女生。不仅学习成绩优异，是班上的班干部，而且家境也和我们大多数人不一样。当我们大家还都住在平房区的时候，贾佳的家已经是市里面不多见的二层楼了。那时班上的很多男同学都对贾佳心生爱意，还有外班和外校的男生，总之贾佳的追求者多不胜数。可我们都没有见到她具体和哪个男孩子要好，好像和大家关系都很好，没见她对哪一个男同学特别倾心。可她依然是那么漂亮，依然那么的引人注目。后来渐渐有了一些传言，说贾佳有一个从小一起青梅竹马的男孩。比我们要大三个年级，已经升上初中了，在外省的一个重点学校。男孩的一家和贾佳的父母算是很相熟，好像也是生意上的伙伴。传言很多，有些讲那个高大的男生很优秀，追求的女孩子众多。而男孩好像也并不是只和贾佳一个人要好，身边女朋友也总是在过一段时间之后，女主人公就要换作另一个人。不时传来的这些关于贾佳和她的青梅竹马的男孩的消息，对我并没有什么影响。因为那只是我的一个梦，一个遥不可及的梦罢了。

我也只是众多追求者当中的一个，还是一个暗恋她的追求者。从来没有像其他男生那样，大胆地向她表白什么，平时都很少能和她说上几句话。我每次看见她都会不自觉地感到非常紧张，甚至都不敢和她多说话，只有在她不注意的时候，偷偷地多看她几眼，但是当她发现之后，便赶忙低头走开。我就这样怀揣着自己的心事，默默地喜欢着，一年又一年。

一次放学回家的路上，同学们三五成群地结伴而行，有的在互相嬉戏打闹。女生们两两地走在一起，低头诉说着彼此心里的小秘密。我像往常一样，一个人背着书包，慢慢地向家走。这时忽然有人拍了一下我的肩膀，我回过头去，就看到了贾佳美丽的脸。

"喂，阿素，为什么总是一个人走呢？"

我一时激动得有些不知所措，"没什么，习惯了。"

"那今天我们一起走吧。"

"太好了。可是你今天怎么会一个人呢？你平时不都是家人来接的吗，或是和你的几个好朋友一同回家的？"

"是啊，今天家里人有事情，没有来接我。她们几个人一起走，我想单独走走，刚好遇见你了。小小的独行侠。"

听她这样讲，我心里跳得厉害，可还是万分高兴。我在告诉自己，"慢点走，慢点走，今天是和贾佳一起，下次不知道要等到什么时候了。"天气也格外的好，虽然是下午放了学，微风轻摆，阳光仍然如此明亮耀眼。路边的黄杨树的树叶闪闪发光，像是五线谱上面轻快的乐符，精灵一样地跳动。渐渐地，我彻底从紧张中解脱出来，兴奋地和贾佳聊了一路，好像都是我一个人在说，她只是"咯咯"地笑。那笑声如天籁之音，长久地深深地驻扎在我的脑海里。直到我们在街口分开，我还是不敢相信，这一路走来，有贾佳的陪伴，而且只有我们两个人。

"好了，我要向这边走了，再见，阿素。"

"嗯，明天见。好开心。"

"我也是，阿素，你说话真有意思。以后家里人不来接我的时候，我还要和你一起走。可以吗？不会不习惯吧。"

"不会的。简直太好了。"

"再见。"

"明天见。"

我一蹦一跳地跑回家去，兴奋得整晚都在帮妈妈做这做那，妈妈很高兴也很诧异，不明白那天的我到底是怎么了。小小的阿杰坐在一旁，两只大大的眼睛望着我，不知道所以。后来干脆高高兴兴地和我一起帮妈妈干活，他居然在那天晚上把我和他的袜子拿到一起洗了。一双小胖手，在水盆里使劲地搓揉我和他的袜子，累得满脸笑容。

夜晚，我躺在床上，怎么也无法睡去，脑子里像过电影一般把放学后的情形无数次还原。可还是不太敢相信，那是真真切切发生了的。我望向身边沉沉睡着的阿杰，睡得如此香甜。圆圆的小胖脸，嘴角还挂着睡觉前和我讲故事时的笑容。他一定在做着什么美梦吧，但却一定没有我心里的梦甜美。我的美梦无与伦比。那之后很长一段时间，我都没有再和贾佳一同放学走过。不过我也并没有太多的失落，早就一个人习惯了独来独往，而且我知道，那天的美丽经历，可望不可求。

学期将要结束的时候，学校组织我们来到市区边上的一片原野郊游。那是大家的第一次郊游，同学们都显得无比兴奋，欢天喜地。一整天欢声笑语直插云霄，传到了比天边更遥远的地方。下午我们返回市区，然后同学们就地解散了，朝着各自不同的方向三三两两结伴回家。我同样拖着疲倦的身体向家的方向走。

"阿素，等等我。"听到熟悉的声音，我呆呆地站在原地，迈不出脚步。贾佳和她一个要好的同伴向我跑来，那个女生是同年级，不同班，所以我并不知道她的名字，只是经常见贾佳和她们几个要好的女孩子常常一起玩耍、聊天，或是一同放学。我和那女生打了个招呼，然后三个人一起走。我还是像上次一般怀着幸福和激动的心情，连她的好朋友仿佛都成了我的好朋友。不知不觉当我们又走过那个岔路口，就要相互道别的时候，贾佳意外地对我说：

"阿素，你家就在这个方向吧。"

"是啊，前面不远就到了。"

"玩得有点累了，去你家喝水休息一下可以吗？不会不方便吧。"

那一刻，我简直不敢相信自己的耳朵。前一波的幸福还没有完全结束，后面的幸福又接踵而至。没想到贾佳说要去我家里坐坐，我们还能够再相处一段时间。

"那太好了。怎么会不方便。妈妈上班还没有回来，弟弟也还没有放学。请来吧。"

我兴高采烈地走在前面，向导一般地带她们来到我家。我取下挂在脖子上的钥匙，打开院门，将她们迎进我家。

"阿素，这就是你家，这个小院子好温馨啊。"贾佳站在芭蕉树下，夸奖着我家的小院。芭蕉树宽大的叶子下的树影里，站着仙女一样的贾佳，我的心又开始剧烈跳动起来。

"是吗？我从出生就住在这里了，很舒服的院子。"我捧起桌子上的白瓷壶，倒了两杯白水给贾佳和她的朋友。然后三个人便坐在椅子上聊了起来。时光在我们的谈笑声中过得是那么快，地上的光影从屋子中间向门边慢慢移动，那是用肉眼看得见的时间。我心里默念着，慢些走，慢些走，我还有那么多有趣的话没来得及和贾佳讲。

这时院门被推开了，院内传来阿杰的喊声。

"哥哥，我回来了。"阿杰背着书包跑进屋来，"渴死我了。"阿杰跑到屋里，双手抱住桌上的白瓷壶，却一下子愣住了。大眼睛扫视着屋里面的两个比他年龄大的女孩子，忘记了口渴。

"这是我的弟弟，阿杰。"我向贾佳她们介绍道。

"阿杰，这是我的同学，特地来咱们家里做客。"

"姐姐好。"

阿杰礼貌地向她们打招呼。然后小脸红红地站在一旁，局促的样子。可能是我们家里平时除了我和妈妈还有阿杰三个人，从来没有来过客人。

"阿杰，你的书包里装的什么？撑得鼓鼓的。"我望着阿杰胸前的黑色的旧皮包，还是我们一起做卖票游戏时，他背在身上的那个。当阿杰上了一年级，这个旧皮包也就成了阿杰的新书包。

"啊，忘了，有好东西给你们。"阿杰红着小脸，背着书包一溜烟地跑进厨房。过了一会儿，阿杰又跑进屋里，搬了一把方凳进厨房，接着传来了流水声。

我好奇地走过去想看个究竟。可刚刚走到门口，就被阿杰阻止了。

"哥哥，你先出去，不许看，一会儿就给你们。"

我只看到了阿杰小小的身影，站在小方凳上，上半身倾着，够着水龙头在洗什么。我重新回到屋里。

"阿素，你的弟弟好可爱。我要有个弟弟或是妹妹就好了。"贾佳甜甜地说。我自豪地笑了笑。

"来了，请你们吃大苹果。"阿杰捧着一个盘子，上面放着三个红彤彤的娇艳欲滴的大苹果。我一眼就认出了那是有名的栖霞富士。我在水果摊上和水果店里都见过。价格十分昂贵，每回看见，我和阿杰都会呆呆地望上好久，却从来没有吃过。贾佳和她的朋友高兴地一人接过一个苹果。

"谢谢，阿杰，你真懂事。"

阿杰听到夸奖，红云又浮起在他胖胖的小脸上，也好像一个美丽的栖霞富士。

"哥哥，你也吃。"

我拿过一个苹果，大大地咬了一口，脆脆的口感从齿间漫到心里，甜丝丝的果汁溢满整个口腔，抚慰着我们所有的味蕾。阿杰像个功臣一样，骄傲地站在一旁看着我们三个人吃苹果。"就有三个，本来想和妈妈、哥哥，一人一个，给你们吃吧。"阿杰开心地说。

我忽然想到一个问题，"阿杰，这三个苹果你是从哪里买来的？很贵的呀。"

"唔……不是买的。我回来的路上路过一家水果店，门口放了好几箱大苹果，也没有人管，我就拿了三个，放在书包里了。好沉的。"阿杰仍是满脸笑容地说。随着阿杰的话音落下，贾佳她们咀嚼苹果的清脆的声音也落下了。我看到两个女孩子僵住的表情，刚才开心满足的笑容慢慢褪去了，一层淡淡的让人感到不舒服的阴云漫了上来。她们把苹果从嘴边拿开，又放回到盘子里。我一下子读懂了她们的表情，看向阿杰，阿杰还站在那里，微笑着望着我。

"哥哥，你快吃啊。很好吃吧。"

"阿杰，你怎么可以这样，你去当小偷了。"

阿杰瞬间呆滞在原地，不解地望向我，刚刚那自豪的神情还停留在脸上。

"小偷？没有啊。我没当小偷。"看着身边的两个女孩子放下苹果，起身背起书包，行将告辞的样子，我的怒火不可抑制。

"还说不是小偷。这三个苹果不就是你偷回来的吗？"我大声地向阿杰呵斥。阿杰的泪水一下子涌出来，委屈地哭出声，"没有，我没有偷。我也不是小偷。"说完，阿杰把盘子放在桌子上，转身跑出了家门。在身影逃出家门的一刹那，我看到阿杰的右手还在抹着脸上的泪水。

当贾佳她们离开之后，我长时间地呆呆地坐在原地。望着桌子上三个被咬了一半的富士苹果，想起阿杰说只有三个，妈妈、哥哥、我，一人一个，心中开始觉得不忍。又想起贾佳离开时悻悻的神态，心里很不是滋味。我就这样呆坐着，一直到很晚，一直到妈妈回家。妈妈进屋没有注意到阿杰不在，放下手中的东西就急忙去准备晚饭。直到她叫了两次阿杰都无人答应，才意识到早该在家里说笑玩闹的阿杰没在家中。妈妈走到外屋，看着仍然呆坐在那里的我，问了一句，"这么晚了，阿杰怎么还没回来？"我小心翼翼如实地把下午发生的事情向妈妈叙述了一遍，妈妈转身跑进厨房，关掉灶台上的火，向我喊了一声，"快去找，快去把阿杰找回来。"

那一晚，我和妈妈分开去找阿杰，找了好久。在那晚当妈妈找到阿杰的时候，他靠在离家很远的一个街道里一张水泥筑成的乒乓球台下面睡着了。睡梦里眼角还是湿润的。圆圆的脸上的尘土记录下了眼泪从眼角滑到下颚走过的弯弯的痕迹。

彼此的成长

　　阿素低头在臂弯里抹去眼角的泪，缓缓地直起身，看向远方。

　　"阿素，你是因为那三个苹果的事情感到自己伤害了阿杰，也是因为这件事，后来才开了现在这间水果铺吗？"我问阿素。

　　阿素转过脸来，向我笑了笑："是啊。这件事情让我印象极深。后来每每想起，都会觉得难过和惭愧。后来我就想开间水果铺，家里人想吃什么水果，我就卖什么水果，什么水果最好吃，家里人都会第一时间吃到。"

　　"那后来呢？阿杰有没有记恨你。"

　　阿素笑着摇头，"不会的，阿杰不会。他是那么善良可爱的孩子。"

　　回忆汹涌而至：

　　夏天过后的夏天，阿杰一天天地长大。还是每天放学之后，趴在桌上做完功课，等妈妈回家做好晚饭，全家人一起吃。阿杰从小很懂事，吃饭时总是望望妈妈，又望望我。当看到盘子里面的菜所剩不多时，他就会低头在碗边，使劲地向嘴里扒着白米饭。妈妈会注意到，笑着拿起盘子，将里面不多的菜分拨到我和阿杰的碗里。吃过饭，阿杰会将三人的碗筷一起拿到厨房，仍是站在那个木凳上，将它们一一洗干净。干完这一切，才会和我挤在长椅子上，看电视或是玩纸牌。在玩纸牌的时候，我仍会不时地捉弄阿杰，趁他不注意，我会把出过的大牌偷偷取回，再一次从手中打出。所以阿杰总会输，他有时会不解地嘟哝，"哥哥，为什么你的牌总是那么好。我的牌太差了。"他却从不曾想到，是我在其中捣了鬼。而输牌的代价或是我们进行纸牌游戏的赌注就是第二天晚饭后去清洗全家人的碗筷。

　　又过了一个夏天，我升上了初中，是当地一所普通中学。阿杰已经开始读四年级了。小学毕业后，同班的同学们各自去往不同的学校，贾佳顺利考取了和她青梅竹马的男朋友同一个城市的重点中学。毕业的前夕，同学们拿出各式各样的精美的笔记本，纷纷请同学们在上面留言纪念。我的笔记本是蓝色塑料皮的，封面印的是两道篱笆墙，一条石子小路在中间铺开，铺向远方。篱笆上开着紫色的牵牛花，上面还落着一只红蜻蜓。这是我最心爱的笔记本，从不舍得用过一页。心爱的笔记本只能让心爱的人在上面记录，所以我只请贾佳一个人在上面书写。当贾佳接过笔记本的时候，高兴地说："阿素，好漂亮的笔记本。"她翻开第一页，空无一字，展开后面，仍是一片空白。"阿素，这个本子还没有人在上面写过字吗?"我害羞地说:"还没有让别人写过,只想让你一个人写。"贾佳微笑地望向我,望得我不敢抬头去看她。"好,我今天晚上写,明天给你。"那晚我再次兴奋无眠,辗转反侧之时,多想推醒身边的阿杰,将我的美好心事说与他听。第二天我如愿从贾佳手中拿回了我的笔记本。一整天都在煎熬之中度过,身边总有同学们在围绕说笑,直到下午放学后,我背起书包就往家里跑,因为妈妈上班还没有回来,阿杰也没有放学,只有那段时光是属于我一个人的。当我上气不接下气地狂奔到家,颤抖着双手打开笔记本,里面写着一句话:"有缘自会相见。勿忘我。"这句话幸福了我的整个中学时代。

由于中学和家的距离远了许多,我开始骑自行车去上学了。跨上自行车的我,在阿杰眼中是那么神气。我们每天早上一同出门,阿杰坐在我的自行车前面,也是一脸的骄傲。他还在背着那个黑色的旧皮包。我把他送到学校门口,阿杰都会十分不舍地从前面的车架上跳下来,拉着我的手说:"哥哥,你几点放学,来接我吗?"我说:"不一定啊。不知需不需要上自习。你放学了就先回家,我也一样。"阿杰的脖子上面也挂了一串钥匙,他举起手中的钥匙,向我挥一挥,"再见,哥哥,早点回来。"

在我们城市的西面,有一条河。叫高粱河。每到夏天雨水更加充沛的季节,河水也会乘势上涨。可以到河边钓鱼摸虾。我们在早市上买来一个虾篓,阿杰央求妈妈从酒楼回来的时候,带几块羊骨头。晚上,妈妈回到家,阿杰冲过去,大叫着："羊骨头，羊骨头带回来了吗?"妈妈笑着从车筐里取出一个小铁桶，里面装着几块大厨们做饭用剩的羊骨头。休息日的早上，我和阿杰早早起来，吃过早饭，把羊骨头拿到火上烧一下，一股羊膻味弥散了出来。我们对视着一笑，将烧过的羊骨头装在虾篓里面，我骑上车子，阿杰抱着虾篓坐在前面，我们向河边出发。暖人的轻风拂过水面，我和阿杰感到那么舒适，空中没有云，河岸边树的影子投到河面上，身边只有河水在静静地流淌，好像整个世界都是属于我们的。将虾篓沉入水中，然后就是等待。清冽的河水中能看到小鱼小虾不断地游入虾篓，围绕着羊骨头开始啄食。阿杰跪在岸边，兴奋地望着，过一会儿，将虾篓缓缓提起，贪吃的小鱼小虾便成了笼中之物。阿杰挽起衣袖，胖胖的小手小心地将它们一只一只地捉起，放入带来的塑料桶中。这些小鱼小虾们会被我们带回家中，养上很久。阿杰低头看着水中我们的倒影，忽然问我:

"哥哥，你长大了想做什么?"

"嗯? 这个问题我还没有想过。不知道呢。"

"我知道我长大了想做什么。"

"啊。是吗? 这么了不起?"

我好奇地望向阿杰，不明白他10岁的心中描绘的未来的自己会是什么样子。

"我要做厨师。"阿杰大声地肯定地告诉我。

"哈哈哈哈……原来是这样啊。你这个小肥猪未免太贪吃了吧。还要做厨师。"

"不是的。哥哥。"阿杰辩解道,"哥哥,你不知道。酒楼的厨师可神气了。我以前经常和妈妈去酒楼,在后面看到过厨师做饭,哎呀,真是太棒了。那个火苗那么高,锅那么大,他们一只手就能拎起来,还能翻啊翻的。火苗就着在锅里,着在灶台上,可他们一点也不害怕。呼的一下子,就灭了,然后烧菜的香味就冒出来了。他们有时把炒好的菜盛到盘子里,然后会用手掐出一小块放在嘴里品尝,有时也会给我吃。哎呀,太香了。"

"还说不是贪吃,看你的样子,口水都咽了好几口了吧。"

"不是那样的。"阿杰有点着急,看着他着急的模样我感到好笑,"等我学会了做厨师,学会了好多的本事,就不用妈妈做饭了。我来做给你们吃。你们想吃什么了,就告诉我。鲜鱼、大虾,什么都可以做的。"阿杰的脸上再次扬起骄傲的神情。小小的心灵被将来伟大的理想激荡着。

时光在流年里静水深流。踏入高中的阿素依然还是那个没有离开过家乡的阿素。身边的人们在不断变化,同学和老师。可阿素心中念念不忘的仍是那个美丽的女孩子。高中一年级的一个假期,以前的同学发起了一次同学聚会。从毕业后大家各自奔往不同的学校,很多人已经离开市里去到外省读书。初中年代匆匆而过,小学时的同学们都已经在向成年的路上奔跑。

"那一次的同学聚会真的很难忘。"阿素对我说,"其实我的愿望很简单,就是想见到很久没有见面的贾佳,看看她现在的模样。现在的变化。"

聚会的那个周日到来时，我兴奋得有些紧张。穿上自己最喜欢的衣服，把头发也提前整理过。提早来到了学校。老师们得知这次聚会消息后，也十分高兴，特意腾出了一间教室。当我在下午一点，比约定的时间提早到了两个小时，踏进熟悉的教室的时候，老师正站在桌子上面，向日光灯上挂拉花，就像以前每一年的新年联欢会一样。我望着老师的背影，心中有种说不出的感动。老师闻声转过身，仔细看了我一会儿，笑起来，"阿素，你这么早就到了。好多年不见，个子长高了那么多。来，让老师好好看看。还是那么瘦，不过是小伙子了，很精神。"

"老师，我来帮您吧。"

"好，来早了，就帮老师干活吧。"

重回到这熟悉的地方，做着熟悉的一切，恍如隔世一般。随着同学们三三两两地陆续到来，教室里一下子热闹起来。大家相见免不了激动一番。彼此热切寒暄个不停。大家的个子都长高了很多。容貌也脱去了一脸的稚气。上学时班里最调皮的男同学，穿着白衬衣、西装裤，黑亮的皮鞋，走到老师面前，深深地弯腰，毕恭毕敬地说出一声"老师，您好。"着实把老师吓了一跳。等老师从脑海深处搜索出他的名字，想起他上学时给老师出的难题，以及他脸上再也绷不住的淘气的坏笑时，老师一把将这个当年让她头疼不已的少年揽入怀中，深情的泪水流了下来。我们大家的眼睛也都湿润了。随着同学到来的人数陆续增多，还没有出现的同学便成了大家讨论的焦点。贾佳更是成了焦点里的焦点。关于毕业后她的消息，仍像当年一般引人注目。我感觉空气中都弥漫着消息的味道。当她终于静悄悄出现在班门口的时候，大家一下子静了下来，片刻之后，又一下子沸腾开。还是那般美丽的贾佳已经出落成一个亭亭玉立的大姑娘。一袭红裙更衬托她的婀娜多姿。老师牵住她当年最钟爱的学生的手，绊细地看，轻声地说。那天我和贾佳也说了好多话，多年的思念在话语中得到无限的安慰。

午后的聚会在温情中飞逝而过，傍晚时，大家依依不舍地离开学校，各自散去。

贾佳和我一同走出校门，轻声问我："急着回去吗？"

"不急。想多待一会儿。"

"我也是，好多年不见了，想多聊一会儿。"

我们随意而走，脚步缓慢而甜蜜。那种微风拂面的感觉我到现在都还记得。贾佳向我讲起了她的初中生活和高中生活。身处名校的她谈吐是那么得体，举止优雅。时常让我产生恍惚的感觉。她还主动谈起了她那传说中青梅竹马的男朋友。

我说："上学时，我听到过别人讲，很优秀的男孩子，比咱们大几岁。"

"是比我们要大一些。的确很优秀。"说完，她望着我，我不知该望向哪里，竟低下头，像要在心里躲避什么。"我们好过一段时间，后来就又分开了。不过还是好朋友。"

"为什么是好了一段时间呢，你们不是一直很好吗，又因为什么分开？"我不解地问道。"毕竟不在一个学校，见面的时间不多。后来他身边又有了别的女朋友，就分开了。不过还是会联系。"我听后心里有种说不出的滋味。

"阿素，还有一年就要高中毕业了，今后有什么打算？"贾佳转换了话题。

我也感到呼吸轻松了一些，"还没仔细想过。继续上学吧。你呢？"

"准备去国外读书。"

"哦……"

"如果顺利的话，可能明年夏天，等高中毕业，就去国外念大学了。"

"唔……很好啊。"

我紧了一下衣角。不知道该往下说些什么。

"阿素，知道我为什么要去国外念书吗？因为我想去看海。去看看国外的大海。"

"看海？我们这里不就有海吗。市区的南面，之岛那里不就有海吗？"我不解地问道。

"哈哈……阿素，你太可爱了。国外的海怎么可能和咱们之岛的海一样呢。你没去过，我也还没去过。不过我想，那里的海一定比之岛的海更美。"

"也许吧……会比咱们这里的大海更美。"我无力地应和道。风在我们身上断行断句。夕阳投在云层上的最后一抹粉红的霞光也隐去不见。疏阔的冬日，天空却一片钢蓝。

白衬衫牛仔裤

"我总是忍不住，在街头独坐的时候，想起阿杰走过的样子。想起阿杰和我一起玩了很多年的司机与售票员的游戏，想起阿杰双手捧着一块西瓜，伏在桌子上急急地吃，指缝间向下滴着水。"坐在对面的阿素对我说。

那一晚我和阿素对坐着喝酒。不知道为什么，就是很想喝酒，我和阿素一样。

时间从春天走到秋天，然后一路走下去，几个轮回。阿杰同样在长大。升入初中以后，阿杰的个子也在快速长高。小时候圆圆的脸颊渐渐有了男子汉的棱角，眉宇间充斥着一股不服输的英气。"你不是总说我穿衣风格过于单一化，阿杰比我更加执着。"阿素说。人生过程当中，总有几个片断，那片断不过是几个瞬间点亮的片羽吉光，却能让你改变。

有一个春天，我和阿杰拿着平时积攒下的零用钱，和过年时的压岁钱，去市里的服装批发市场买新衣服。从我们开始不同程度地长大，除校服外，妈妈不再给我们买来新的衣服，而是让我和阿杰自己去挑选。当时的服装批发市场还是在市区东面的一大片简易的棚户区。各种小商小贩充列其中。那天才下过雨，路面泥泞肮脏，我们在那个下午转遍了棚户区的一条条通道，我当时买了什么不再记得了。阿杰却买了一件白衬衣、一条牛仔裤还有白球鞋。阿杰站在摊主在棚下搭好的木条板上，穿好衣服，老板举着一块半米长的玻璃镜，前后左右地让阿杰照。镜中的阿杰是那么年轻精神。将这些衣服全装在一个大塑料袋里，阿杰捧在胸口，我们高兴而归。

阿杰从那时开始，一下子喜欢上了白衬衫、牛仔裤，还有白色的球鞋。一年四季如此。就是到了冬天，也不过是在白色衬衫外面加一件毛衣或是外套。而牛仔裤和白球鞋也不会变，洗了穿，穿了洗。阿杰在很小的时候，就会自己洗衣服、刷鞋。他每次都会把洗干净的衣服整齐叠好，白衬衣更是要熨烫得平平整整。即便衣服有些破旧了，年少的阿杰也会拿起针线，仔细地一点点把裤边或是衣角补好，有时我坐在一旁看着他专心致志补衣服的样子，会感到好笑。阿杰注意到，脸色也会不好意思地微微泛红，剪断针线，阿杰重新穿起干净整洁的白衬衣，站在镜子前，转过身来看我，脸上是灿烂的笑容。

阿杰从小懂事，没有让妈妈操过很多心。可是在学业上却不是很下功夫，学习成绩也是平平。相对于在学校学习，阿杰更喜欢在休息日或是假期和妈妈去酒楼，帮妈妈做些事情，或是看大师傅们做饭。阿杰在做饭方面确实很有天赋，假期里，如果他没有随妈妈去酒楼，或是提前回到家里，家的晚饭多是由阿杰来做。虽然他只是一个中学生，却也能做好几样家常菜，味道也很好。每当我们一家人吃过晚饭，阿杰都会急切地问："怎么样，好吃吗？""好吃，阿杰烧的饭快要比妈妈强了。"阿杰听到我或是妈妈如此说，都会把胸挺得高高的，一脸骄傲。

后来妈妈注意到阿杰没有把精力全部用在学习上，妈妈会把阿杰叫到跟前，对他说："阿杰你要努力学习，不要总往酒楼跑。中学的课程很重要，考上一个好高中，将来才能进入理想的大学。"阿杰一脸诚恳地回答："妈妈，我不想考高中，也不想上大学，有没有学厨师的学校，我想学厨师，将来也去酒楼上班。我要做一个了不起的大厨师，烧饭给你们吃。"妈妈听完阿杰的话，双眼睁得大大的，一脸诧异地望向阿杰，不知道从小乖巧听话的阿杰如何会有这种想法，眼神中流露出些许的失望，只有我知道，阿杰正在向他的人生目标努力着。

海风从窗户吹进来，海浪一般鼓动着窗帘。靠海公路的柏油路面在月光和灯光的照射下十分光亮，显得天地宽阔。一向沉默的阿素心胸也开阔了好多，谈兴愈浓。我和阿素已经各自喝完了四罐啤酒。阿素的脸上开始有了些许醉意。但他还是高兴地讲着过去的事情。我也听得认真且享受。

"知道吗？我的中学时代很难忘。除了身边的妈妈和阿杰，我们相亲相爱地生活在一起，是那么幸福，甜蜜而浪漫。还有那个美丽的女孩子，贾佳，在我心中从来不曾淡忘，那仍然是我最美的梦。"

高二的暑期，贾佳照例回到市里，我们就又有了见面的机会。我没有勇气主动打电话去贾佳家，只能在傍晚时骑车到贾佳家附近的街边，一个人坐上两三个小时，期待着与美丽女孩的不期而遇。等待了许久无果，却在暑期临近结束时的一个中午，意外接到了贾佳的电话。刚刚接起电话，话筒中传来的声音，我一下子并没有听出是贾佳，当然更不会想到。直到我猜错好几次，贾佳才狡黠地说出她的名字。那一刻我竟然不自觉地颤抖，手指和嗓音都在颤抖。直到挂掉电话好久，我仍然不舍得放下手中的话筒，好像在等待话筒里迟到的余音。温暖的午后，我提前来到了和贾佳相约的街角，却发现她比我还早到。心中腾起无限甜蜜的满足感。

"阿素，好久不见了。"

"是啊，从那次聚会后再没有见过了。你好吗?"

贾佳没有回答我，而是迎着我的脸走近了，还高兴地跳了一下，"你猜呢?"我有点被幸福蒙住了，不知是午后明亮的阳光还是贾佳明亮的笑容让我感到一阵眩晕。

我们就沿着街道散步，路过餐馆、书店、邮局和车站。述说着上个学期各自的生活和一些有趣的见闻。夏日的午后马路上没什么人，一辆几乎空着的电车开过去，一只花猫沿着道边无声地从我们身边超过，在前方的不远处回头望了我们一眼，闪身跳进了旁边的花园。梧桐叶间的蝉鸣声，盖过了所有琐细的市声。

不期而然，我们竟信步走到了一所大院子的门口，这所大院子我们好像从来没有见过，更不曾来过。两扇老旧的漆面斑驳的院门敞开着，院子里面有一排高大茂密的梧桐树，树下的草地上一片绿色，深黄色的是旋复花，蓝紫色的是马兰花。除了有几只小鸟偶尔跳跃，没有一点动静。我和贾佳对望了一眼，心中充满无限好奇。我们缓步走进这座静悄悄的大院子，来到梧桐树下，四周的静逸仿佛把大院子与整个世界隔开了。旁边是一排平房，所有的窗子都打开着，明亮的玻璃窗反射着耀眼的阳光，显得一切窗明几净。

正当我们感到是那么新奇，想一探究竟的时候，一溜平房最东面的门推开了，走出一位比我们年长一些、非常漂亮的女人，微笑着向我们招手，引领我们走进这排平房。原来这里是一家刚刚开业的甜品店。漂亮的女主人与她的丈夫在几个月前租下了这所废弃的院落，将院子里日久堆放的垃圾处理之后，把原来的一排平房重新布置装修，整个大院子和甜品店的装修很有特质，并不豪华、艳丽、和浮夸，粉刷过后，把原来的旧窗换成了老式的木框镶玻璃的窗子，室内铺了木地板，一排排桌椅也是简单的木质结构，房顶上装了一排老式的吊扇。一切让人感觉平静舒服，好像回到了小时候的旧时光。

当我们把这种感觉向女主人说出，漂亮的女主人十分高兴，"真的那么好吗？谢谢你们。今天才是我们营业的第二天，你们却是第一位和第二位客人。欢迎你们。那么今天我请客。希望以后你们常来坐坐。"我和贾佳在邻窗的一张木桌子前坐下，女主人在过来放下两杯甜品之后就安静地离开了，不知道又去忙些什么。整个房间里就又只有我和贾佳了，我们彼此对望着，互相说了几句天气真好之类的话以后，沉默了。停了一会儿，又一同开口，又一同沉默。一个说："你先说。"另一个也说："你先说。"互相推了一阵，气氛就又从刚刚的羞涩中活泼起来。

那个浪漫迷人的午后，我和贾佳不时地开怀大笑，有时是安静地对望。时光如电影画面一般一帧一帧地推进。晶莹剔透的阳光洒在稠密的梧桐叶上，树叶的影子不规则或是规则地投在木桌木椅上、窗户上、窗棂上、檐角上，明亮的玻璃窗映出另一个美丽的贾佳。她就罩在花影里。这一切无不呈现出油画的色彩和芬芳。

那一晚阿素的回忆沉浸在酒精里，深情地讲了很久，最后烂醉如泥，可他却是醉在喝酒前。

一个阳光明媚的下午，我和阿素一起来市区，送完水果，时间尚早，我问阿素，"我们是现在就回小城去，还是在市里逗留，随处转转，晚些时候再回家？"阿素将车停在路边，低头沉思了一会儿，"走，带你去个地方，只是不知道这么久，那地方是否还在。"

阿素讲完，开车向市郊而去。驶过繁华的市区，又驶过两个街区，道路两旁的建筑物开始显出岁月留下的痕迹。楼与楼之间的距离也在不断增加，不再像市区一般拥挤在一起。时间不长，半个小时的车程后，阿素把车停在了一幢老旧的，看起来年龄应该在三十多年的楼房旁边。一座孤独的建筑。从楼外侧向整个灰色的六层楼仔细望去，只有差不多三分之一的住户。很多房间的窗户和阳台已经破损了。很难想象，现在仍居住在这楼里的都是些什么样的人。

"阿素，你是有朋友住在这楼里吗？这楼看起来老旧了。你是来找你的朋友吗？"

"不是，我没有朋友在这里住，我和阿杰小时候一起来过几次。这幢楼房是当时我们这附近的最高的一个地方。我和阿杰来到过楼顶的天台，看风景。"

"是这样啊。对于你这个爱怀旧的人一定有着非同一般的意义。我们也要上天台吗？我还从来没有到过任何一座建筑物的天台，倒是很想上去看看，是怎样的风景。"

阿素笑了笑，没有说话。带着我走到这座六层高的楼房的侧面。那里有一条作为在紧急时刻逃生用的应急楼梯。铁铸的楼梯折返向上，一直通到楼顶。原本是漆成灰色的，随着长年累月的风吹雨淋，楼梯表面，及外侧的扶手上漆面早已经脱光，显得那么的不含有一点感情在里面，完全是事务性和功能性的。我们来到逃生楼梯的下面，站在入口处，抬头向楼顶望去。透过铁梯台阶间的空隙，看到了同样被分割成条状的天空。

阿素没有急着攀登而上，静静地站在入口处，向上望了望。然后摆手示意我躲远一些，阿素抬起脚用力地跺了几下逃生楼梯的台阶，来自上方的灰尘和铁屑簌簌而下，阿素闪身跑开，待尘埃落定，他从地上捡起一根木棍，对我扬了扬手，"来吧，我们上去。"我和阿素沿逃生楼梯攀缘而上，铁梯虽然日久天长没人使用，脚踩在一阶阶楼梯上却也还坚固。阿素走在前面，用手中的木棍将前方不时拦住去路的蛛网扫清，随着不断地向上攀登，我不时地探出头向外侧看去，地面离我们越来越远，远处停着的阿素的白色汽车也随着渐渐变小，来自四面八方的各种城市的声响也变得轻薄。远方的景物渐渐走入眼帘。当我们爬到第五层半的时候，阿素停住脚步，

"怎么了，阿素，为什么不继续走了，还有一层就到了。"

阿素再次抬头仰望，"我记得在六层与天台之间是有一道铁门的，铁门是锁起来的，那门打不开，可能是防止人们从六层随意去往天台，所以只能从上面翻过去，你没有问题吧。"

"没问题的，放心吧。继续。"

当我们到达六层时，果然有一道铁门横在路上，上面挂着一把大铁锁，将门牢牢拴住。那锁早已经锈蚀得不成样子，阿素用手掂了掂，好像很沉。我走上前去，也用手提了一下，确实很重。二十多年前，阿素和幼小的阿杰也曾在这铁锁前停步吧，远去的历史再次浮现眼前。

"翻越的时候要小心，身子一定要贴着楼的这面，不要太向外了，会有危险，我会扶着你的。"阿素仔细地说。

"好，我会注意的。"

我双手扶住铁门，使劲摇晃了一下，很结实。然后身子向上一蹿，一条腿就已经跨过了铁门，毕竟我们都是成年人了，这个高度的铁门不会给我们造成多大的困难。阿素还是在铁门的这一边，紧紧地抓住我的胳膊，还在我的腿上用力托了一下。

"哈哈……阿素，不要紧的，很轻松。你不要把我当作小孩子了。"我笑着对阿素说，觉得他好像把我当个小孩一样对待。

"嗯，不好意思。以前和阿杰来的时候，我也是先托着他翻过去。"

"我明白。谢谢。"

阿素也利索地翻过铁门，踏上最后一层的阶梯，我们对望了一眼，抬腿迈上最后一级台阶，我们便登上了天台。

天台上的风很大，把我们的衣服和阿素的长发吹起。二十多年后，阿素故地重游，眼神里是兴奋、甜蜜和感伤交织在一起的情绪。我们缓步走过天台，来到最西侧，面前是一米多高的围墙，围墙之外便是天空。城市的街景尽收眼底，行道树、马路、路上行驶的汽车和不多的行人。身边的阿素，却用一种别扭的姿势，曲着双腿，把身子缩下去，只把头稍稍越过围墙，下巴甚至也挨到墙头，向外张望。我觉得好笑，

"阿素，你为什么用这种难受的姿势，个子那么高，你这样，不会累吗？"

"当时我和阿杰一起来的时候，阿杰就是这么高，他的头刚刚能超过墙头，还要踮起脚，向外张望。我想看一下他当年的视角，里面是些什么。"

我没有再说话，也学着阿素半蹲下身子，将下巴挨在墙头上，眼睛平行着望向前方，前方只有天空。

太阳慢慢西沉。风比刚才更大了些，身上有了凉意。我和阿素转过身，拉紧衣襟，竖起衣领，背靠着围墙，坐在地上开始抽烟。

"阿素，你和阿杰第一次来这里，大约是什么时候？"我问起阿素。

阿素抬头看了我一眼，轻轻地一笑，"我上初中二年级，阿杰小学五年级。"

"记得那么清楚。"

"当然，不会错。"

在我初二的时候，有一天放学后又上了自习课，所以放学比平时晚了一些。然后我又去一个同学家借课外书，由于绕道去了趟同学家里，所以没有走平时回家的路。那是一条稍远些的，比较偏僻的小路。天色暗了下来，当我骑行到一个街道拐角时，我记得很清楚，那条街以前也走过，很安静，过往的行人也不多。街角有一块灰色的巨大的石头。从墙根处走出两个当时所谓的社会不良青年，他们拦住我的自行车，向我索要财物。我当然不舍得给，所以招致了一顿拳脚。

晚上回到家，尽管我百般躲藏，但脸上的伤还是显而易见的。当妈妈问起我时，我委屈地将路上遇劫的事情说出。妈妈疼爱地抚过我的脸，给我上了一些药，轻声叹了口气，"以后出门要小心，再遇到类似的事情，一定要告诉家里人。"当我和妈妈说起那晚的遭遇时，阿杰坐在一边，瞪着大眼睛，仔细地听着，可能在他听来更显得恐怖和气愤，小脸一直通红。晚上熄了灯，阿杰在我耳边轻声地问：

"哥哥，还疼吗？"

"还有一点，没关系的，赶紧睡吧。"然后便睡去了。

第二天早上，阿杰很反常地没有像平时一样赖床，而是早早地就起来了。一个早晨我都觉得他怪怪的，眼睛总是偷偷地望向我和妈妈，又总是躲躲闪闪。没有多想，吃过早饭，我和阿杰便像往常一样出发了。阿杰照例背着他的黑色旧皮包，奇怪的是一只手总是捂在书包里，而不像往常一样，双手搭在车把上。一路上阿杰都很沉默，把他的后背紧紧地贴在我的身前。把阿杰送到学校，阿杰也不像平时那样从车前猛地跳下，而是有些磨磨蹭蹭。

我掉过车头正要离开，阿杰又喊我："哥哥。"

我停下来，转头问他："什么事。"

阿杰支支吾吾地说："哦……没有什么，哥哥，我走了。"

"快进去吧，要迟到了。"我转头骑上车便也去学校上课。

由于脸上有伤，一整天都被同学问来问去，我也很心烦。下午两节文化课后是体育课，我便来到老师办公室请假，老师询问了情况之后，关心地要我早些回家休息，路上注意安全。

我推着车子来到校门口，想起阿杰今天早上的奇怪的反应，便有些不放心。而且今天时间还早，阿杰也总是问我什么时候去接他放学，我便骑车来到阿杰的学校。学校放学，有几个眼熟的阿杰的同学背着书包蹦跳着走出校门，我迎上去，问阿杰是否在后面。那几个小同学听到我问话后，一脸吃惊的样子，对我说："阿杰今天没有来上课，他是生病了吗？有没有向班主任老师请假？"我一下子慌了神，早晨我明明送他到的学校门口，他怎么会没来上课呢，一个人逃学去了哪里？他以前可是从来没有逃过学，阿杰一直是那么老实听话的孩子。我仔细地回想，除了他早上的一些不同以往的表现，其他的没有什么呀。可他早上到底是怎么了？我猛然一下子想到了什么，跨上自行车，便向昨晚遇劫的那条小路拼命蹬去。

转过那个街角，我一眼看见阿杰胸前挎着黑色的旧皮包坐在那块石头上，一只手仍如早晨一样揞在书包里面。我推车走上前去。阿杰抬起头，眼里闪过一丝兴奋高兴的眼光，马上又低下头去。

"阿杰，你在这里干什么？为什么没去上课？"阿杰低头不语，避开我的眼睛不再看我。

我的火气往上蹿，加重嗓音，"回答我，阿杰，你把头抬起来，看着我说，你为什么不去上课，在这干什么？"

阿杰仍然低着头，可我看见已经有眼泪滴在了黑皮包上。我粗野地从阿杰脖子上扯下黑皮包，翻开看里面到底藏着什么不可告人的秘密，只一眼，我就看见了家里的那把小小的折叠水果刀。我注视他，阿杰后来终于抬起头，满脸的泪水，抽咽着对我说："我在等昨天欺负你的人，我要把欺负你的坏人全杀了。"

那天我骑车带着阿杰漫无目的地走，后来竟来到了这座楼下，我们也在那天爬上了天台，就在这里，穿着白衬衫、牛仔裤的阿杰就踮起脚站在这里向外望。风努力地鼓起阿杰的白衬衣。

我问阿杰，"傻瓜，你等到他们，可你那么小，怎么可能是他们的对手呢？就算你把他们都杀了，你也要被判刑，要去坐牢的呀。"

"哥哥，那我就跑，跑得远远的，跑到外国去。让他们谁也找不到我。"阿杰坚定地说。

"那你不想我和妈妈吗？"

"哥哥，我有办法，我在电视里看过的，等我长大些，我就在国外打黑市拳，电视里面演过，等我挣够很多钱，就去做整容手术，等他们谁也认不出我了，我就回来看你和妈妈。"

"傻瓜，你想过没有，所有人都认不出你了，我和妈妈也认不出你了，你还是阿杰吗？"阿杰听完呜呜地大哭起来，我就把他紧紧地搂在怀里。

阿素讲完这些，沉默了很久。时间向晚，太阳马上就要落山了，风也更大了，天边最后的一道晚霞火一样的热烈。

一瞬间阿素猛地站起身，双手在嘴边卷成喇叭状，向着血一样的天边的红云大声喊："阿杰，该回家了，快回来吧！"

我也从地上一跃而起，像阿素一样，举起双手，大声地向着远方喊："阿杰，回来吧。我们都很想你！"

阿素向我转过头，风扬起了阿素的长发，把阿素的泪水也带到了我的脸上。阿素转过年轻的脸，双眼凝视着我，

"你说，我们能顺利找到阿杰吗？"

"会的，我们一定会把阿杰带回来的。"

"谢谢，兄弟。"阿素紧紧地抱住我，他的泪水沾湿了我的肩膀。"阿杰，回家吧！"这声音久久地在风里回荡，飘向了不知名的远方。

性格即命运

夕阳渐落，我从机票代购点走出来，手中握着两张下周六晚飞香港的机票。

回到家里，我开始为自己准备晚饭。先在火上把水烧开，打入一个鸡蛋，待鸡蛋在水中翻滚，慢慢成形，不致散开，再投入一包速食面，和一个切好的西红柿。另外用平底煎锅，简单地加热煎熟两根香肠，从冰箱里取出一罐啤酒，还有两根黄瓜，在水龙头把黄瓜洗干净，在小碗里面倒入一些沙拉酱，用来蘸黄瓜吃。简单地吃过晚饭，把碗筷洗好之后，我又打开一罐啤酒，点燃一支烟，坐在靠窗的软椅上。伴着香烟的味道，思绪放任自流。

毕业后就开始在公司工作，虽然中途更换过一家公司，但工作内容和性质基本大致相同。一个人的生活也好像无风的平静湖面，波澜不惊。从小养成的习惯，和喜欢独处的性格，并没有让我对一个人的生活感到什么不适，今天和明天没有什么不同，这一个星期和接下来的一个星期也不会有太多的变化，以至于一个月接一个月，一个季节更替另一个季节，一直一个人安静地悄然度日。

目光转去，望见进门时随意摆放在桌上的我和阿素的两张机票。下个周六晚上，我和阿素将飞往香港，去寻找阿杰。其实对于这件事，我也同样有些紧张。这些年的过往，我和阿素已经成为知心的好朋友，我有时也会把阿素当作兄长一样看待。他也确实如兄长一样，给我带来温暖的关爱和帮助。至于去香港寻找阿杰，我不可能抽身事外，像一个轻松的旁观者一般，站在一边，怀着好奇心，关注着事情进行下去。我也在其中了。从阿素向我讲起阿杰，讲起他们从儿时开始的经历，我就知道，阿素把我当作了亲近的人，可以完全信任的人，我就身在其中了。对于他的这分信赖，我感到是那么的自豪与幸福。阿素向我描述的只是儿时和少年时的阿杰，虽然我们还未曾见过面，可这并不妨碍我对阿杰产生了深深的感情和同样的信任，就像我信任阿素一般。阿杰究竟是什么样子呢？和我在自己思绪中所描绘的样子是否相同？一个人只身在香港过着怎么样的生活？当初阿杰又是为什么离开，离开他深爱的妈妈和哥哥，离开他自小长大的家？长大成人的他会不会还像阿素记忆中的那样，懂事、听话？性格改变了多少？如果我们找到他，见到许久不见的哥哥，可否如我想象中的一样充满惊喜，然后和我们一同回到这里，回到之岛，回到妈妈和哥哥身边？我想象着今后我将不再只有阿素和洛越两个朋友，阿杰也一定会成为我的好朋友。我沉浸到这幸福的场景之中。

电话响起，是阿素打来的。

"你好，阿素。"

"你好，机票今天拿到了？"

"拿到了，下周六晚。我们周六白天赶到省城，晚上的航班，大约在晚上十点就能到达香港了。"

"好的。我知道了……你，现在睡了吗？"

"当然还没有，现在也才不到晚上九点，不会那么早睡。阿素，你在哪里，在干什么？"我能感觉到阿素同样有些紧张。

"没什么，我在楼下，在你家楼下。"

"什么？你就在楼下，阿素你也太有意思了。还不赶紧上来，在楼下做什么。"几分钟后，我打开房门，阿素进来，脱掉咖啡色风衣，我们一起坐在沙发上。

"喝啤酒还是白水？"

"白水就好。一会儿还要开车回去。"我给阿素倒来一杯白水递到他手中。"谢谢。"阿素说，"这么晚了还来打搅。"我笑了笑，没有说话，多年和阿素相处的习惯，多少也有些相似。

"阿素，我们的行程定下来了，你是不是有些紧张？"

阿素向脑后拢了一下垂在眼前的长发，"我很紧张。所以才开车来你家楼下了。"

我伸手在阿素的胳膊上用力握了一下，"不要紧张，阿素，一切都会顺利的。"习惯性的浅浅的笑容在阿素脸上一闪而过。

"阿素，我有个问题想问你。可能不太礼貌，你不要介意啊。"

阿素喝下一口水，将水杯放在面前的桌子上。眼睛直直地盯在水杯上面。

"我能猜到你要问的是什么。你是想知道阿杰为什么会离开我们。离开这里，一个人在外面闯荡。"

"的确如此，阿素，这是我一直都想知道的答案。这有可能不太礼貌。"

习惯性的，有时不代表任何内容的浅淡的笑又一次在阿素脸上出现。

"没什么，我们是好朋友。我今天之所以开车来到你家楼下，就是想来告诉你，后面发生的事情，我应该让你知道。其实阿杰离开家的原因很简单，就是因为我。阿杰是因为我才离开的。"阿素这次竟没有像往常一样激动，平静地说出。

"因为你？阿素，你是说是你的原因，阿杰才离开这里的？"

"是这样的。因为我，阿杰才离开了我们。"阿素拿起玻璃杯，喝下杯里的半杯白水，从风衣口袋里拿出香烟和打火机，在我的肩上拍了一下，我和阿素一起起身来到阳台上。

你知道吗？有些事情就像是注定要发生的一样。不知道是人选择了命运，还是命运刻意选择了人。可事情就那么发生了，并且无可挽回。

那是在高中毕业前夕，也就是阿杰初中即将毕业的时候，他已经准备好要去考一所职业技术学校。去学习他向往的烹饪专业。他经常充满无限向往地对我说，三年学习结束，他会被推荐到大饭店或是酒楼实习，他在那里会用心地学习，学到一身的本事，最终成为一名伟大的厨师。可所有的事情，命运的转折就在那个夏天的晚上改变了。

一天，贾佳忽然打来电话，说她回到了市里。我感到好奇，临近高考了，她应该同样处在紧张的复习当中，为什么会回到市里了？我们如约见面了。贾佳兴奋地对我说，她不准备参加高考了。因为她在暑期结束将前往国外上学，她会在九月直接报考澳洲的一所大学。

"记得我和你说过的吗？我想去看看国外的海。现在就要实现愿望了。"我大吃一惊，原来还可以这样，不参加国内的考试，直接报考国外的大学。

"那么，祝贺你。"

"谢谢，阿素。我想我一定会很开心的。"

"嗯，一定会的。"我除了这么说，实在找不出还能说些什么，"是你一个人前往吗？还是家里人也一起去。"

"当然不是我一个人前往，是和我的男朋友一起。"

"男朋友？"我意外且心灰地说。

"对呀。男朋友。就是传说中的青梅竹马啊。你不记得了。我们谈起过他的。"

我更加吃惊，

"你们不是分开了吗？怎么会和他一起去呢？"

"哈哈……那只不过像是小孩子过家家一样闹别扭，我们感情是很深的，怎么可能说分开就分开了呢。他前几年就去澳洲的这家学校学习了。我家里人和我一样，一直想让我去国外读书。所以就一直在联系此事。我想你们以前也听说过，我们两家渊源很深，家长之间也是朋友的关系，所以就很顺利地联系好。他这次放假回来，除了探亲，就是帮我准备一些必要的东西，等到八月底，我们就一同前往澳洲，去开始崭新的生活。"

听完贾佳说的这些话，我顿感浑身虚脱一般的无力，我的所有信心和心灵的支撑瞬间崩塌。深重的眩晕感将我重重包围，耳朵深处竟传来了海涛发出的巨大的响声。

"对了，阿素，下个星期六，是我的生日，十九岁的生日，晚上在市里的青蓝大酒店，家里人为我准备了一个生日宴会。你一定要来啊。我也准备邀请其他同学一起来参加，毕竟大家好久没见面了。而我去了国外，可能以后大家见面的机会就更少了。所以请务必要准时出席呀。对了，还有生日礼物，也很重要的，那既是生日礼物，也是出国前的纪念礼物，所以有双重的特别意义。请一定不要忘记了，一定要来参加。"

那晚我不知道自己是如何回到家里的。接下来自己只是觉得像个傻子一样，昏昏沉沉地度日。脑子里也总是想起那句话，"下个星期六，是我的生日，还有生日礼物，双重纪念意义的生日礼物。"我坐立不安地生活着，时间却不肯为我停留。眼看着约定的日子就要到了，可我还是没有想好买什么样的礼物送给贾佳才合适。阿杰也曾偷偷地问过我几次，到底是怎么了，经常会一个人发呆。我也只是简单地敷衍过去。可事情该来总是会来的。我最后决定，生日宴会我不去参加了，只要选好一件特别的礼物，送到酒店，然后离开，让贾佳可以永远地记住我，就足够了。

那一天终于来到了，你知道吗？那是怎样混乱且让我终身难忘的一天。下午五点了，我还是待在家里，之前转过了很多礼品店，都没有觉得合适的礼物，我把自己所有的零用钱拿出来，却也买不到相对昂贵的礼品。晚宴开始的时间是在晚上六点，虽然我没打算去参加生日宴会，可当墙上的时钟指向晚上六点的时候，我的心还是猛地刺痛了一下，也是在那个时刻，我做出了让我后悔终生的事情。

我把阿杰叫到身边，对他说："阿杰，你还有多少零用钱，能借给我用用吗？以后一定会原数奉还。"

"没有问题啊。哥哥，你全拿去吧。做什么用呢？"身高已经和我差不多的阿杰笑着对我说。

"唔……总之有用，非常重要的用处。而且比较难办。"

"那你讲给我听听，也许我有什么好主意呢。"

我想了想，还是把事情向阿杰道出，阿杰仔细地听完，望着我，"是以前来过咱们家那个姐姐吧。的确很漂亮，哥哥，你好有眼光啊。"阿杰笑着对我说。我不好意思地有些脸红。

"可我还没想好到底买什么礼物送给她。而且钱也不多，所以想请你帮忙。"

"这个嘛，的确有些难办，送给哥哥心爱的女孩子，又是生日、又是出国纪念的双重意义的礼物，嗯，是有些棘手啊。"

阿杰一边装模作样地搓着手，仍是不怀好意地笑着对我说。

"快点吧，别再说这些没有用的废话了。我真的很着急。晚宴估计在晚上九点前就会结束的。没有多少时间了。"

"好吧，这个难办的任务就交给我吧。哥哥，你把你的零用钱全交给我好了，由我来替你买礼物。一定让你满意。"

"这样的话，真的可以吗？我都不知道要买什么，你能决定吗？"

"没问题，我现在就去，给哥哥心爱的女孩子买的礼物，当然要美丽、高贵了。你放心吧。尽管交给我好了。"

"可是还是有些担心，你可千万别搞砸了。"

"尽管放心吧，哥哥，你在青蓝大酒店门口等我吧，九点前，我一定把精美的爱心礼物送到你的手上。保证让她一辈子都忘记不了哥哥。"

"可是你……我……"

"哥哥，不要再什么可是了，现在已经快六点半了，留给我的时间已经不多了，必须要抓紧时间才能办好。尽管把心放在最舒服的地方，我一定会在晚上九点前赶到的，你就在酒店门口等我吧。你最好早点去，我和你见面后，还要赶回家烧晚饭呢。就这样吧，我要出发了。"

阿杰拿过我手中的零用钱，头也不回地就冲出了家门。那一年，阿杰刚好16岁。

青蓝大酒店是市里唯一的一家五星级酒店，灯火辉煌之下，青蓝大酒店显得格外雄伟壮观，富丽堂皇。酒店前面有十多级的台阶，台阶上由东到西是六根高大粗壮的布满浮雕的大理石石柱，撑起了酒店宏大美观的正门。正门的东西两侧是停车场，中间部分也就是正对大门的前方，是修剪得整整齐齐的苗圃绿地和喷水池。喷水池底部装有各种颜色的彩灯，将上面的喷泉喷出的各式水柱造型，渲染成梦幻般的色彩。

我坐在喷水池旁边的木椅上，焦急地等待着。不知道阿杰到底买到了礼物没有，又到底买了什么礼物。时间已经是晚上的八点四十分，我记不清第几次从木椅上站起来，走到台阶下面，向着酒店的入口处张望。又过了大约五分钟，从远处，一个穿着白衬衣的少年，正骑着自行车飞快地向我而来，是阿杰。阿杰将自行车在我面前"嚓"的一下停住，还故作潇洒地将后轮向外甩出去了一段距离，仰起脸，冲着我笑。

我看着他满头大汗的样子，白衬衣的胸口部位也被汗水湿透了。阿杰就那样，单脚支地，另一支脚还跨在自行车上，昂着头，笑着望向我。

"快别闹了，阿杰，事情办得到底怎么样？礼物买好了吗？"

"当然了。哥哥的事情，我一定会百分之百地努力，否则哥哥会伤心的，不是吗？"阿杰得意地说。

"快别贫了，拿出来给我看看。"

阿杰还是没有下车，从身后把黑色的旧皮包甩到前面，他还在背着那个黑皮包。阿杰拉开书包，从里面拿出一个深蓝色的纸质的长方形包装盒，上面系着一条银色的丝带。

可从这个包装盒上却看不出是什么东西的包装盒，很普通的样子。

"里面是什么?"我问阿杰。

"打开看看。你一定会喜欢的。"阿杰自信满满。

我小心翼翼地打开盒子，里面有一条项链，一条明亮美丽的好像水晶般的项链。项链有些突兀地放在这个蓝色的包装盒里，显得有些尴尬，因为除了这条明亮的项链，盒子里面再没有别的东西了，没有固定用的框架，没有天鹅绒衬托，就那么有些孤独的，有些显得不合体地躺在盒子里面。

"这个……阿杰……好像不太合适。"

"哥哥，你看，多漂亮的水晶项链。她一定会非常满意的。"

正当我还在端详着这个根本不搭调的组合，还没有弄清这条项链到底是多少钱买来的，为什么包装盒子如此简陋的时候，从酒店的大门台阶上走出了一群人。人们兴高采烈的，彼此寒暄着，走在这群人前面的，正是贾佳。她穿着一身好像婚纱般的白色纱裙，像一个美丽的公主，手中捧着一大束手捧花，正在满脸笑容地与身边人不停地挥手话别，或是低头和身边的女孩子小声说着什么秘密，然后捂嘴而笑。

"哥哥，那就是贾佳吧，今晚她可真漂亮，像个美丽的公主。"

我没有回答阿杰，目不转睛地注视着贾佳。

"哥哥，你打算什么时候过去，把礼物送给她呢?"阿杰问了一句。

"现在还不是时候，身边还有那么多朋友呢，等一下，等人群散得差不多了，我再过去和她打招呼。走，去那边等吧。"

我和阿杰向右手边停车场的方向走过去，因为人群也正在向这个方向移来。阿杰已经从自行车上下来，规规矩矩地推着车子，跟在我的身边。我们来到停车场边上，在暗影里站定，等着人群散去。欢声笑语还在继续。

"阿杰，看来还要再等一会儿，你先回去吧，我一会儿就回家，你不是还要回家烧晚饭吗？"

"好，哥哥，我先回去了。"阿杰转身推车走了。

我一个人留在墙边的暗影里继续等待。大约又过了十分钟，告别的人群渐渐散去，贾佳身旁还有五六个人的时候，我低头看了一下手中蓝色的缠着银色丝带的礼品盒，将它握紧，鼓起勇气，向贾佳走去。

"阿素，你怎么才来，都结束了。"贾佳先看到了我，迎着我走来。脸上有一丝愠怒的表情。她身边的人也注意到了我。

"不好意思，我来晚了。"

"是啊。你到得太晚了，宴会都结束了。我还以为你今天有事情来不了了。"

我笑了一下，"不会的，不是早说好的吗，一定会来。祝你生日快乐，学业有成。"我递上手中的蓝色礼品盒。

"谢谢你，阿素。很漂亮的盒子。谢谢你的生日礼物。"贾佳微笑着接过去，我同样微笑地看着她。

"里面会是什么呢？"贾佳轻声嘟哝着，仔细看了一会儿手中的蓝盒子，轻轻地打开盒盖。

那一刻我有点紧张，手心里泛出了细微的汗。看着她小心地打开盒子，望着里面的水晶项链。时间短暂的停滞之后，贾佳抬起头，看向我的眼神却带有一种茫然和一丝失望。我有些不解，甚至开始有些胆怯了，我小声地说："只是一条水晶项链，希望你喜欢。"贾佳没有回答我，有些呆滞地站在那里，望着手中的项链，又望着我。我一时感觉手足无措。

　　"怎么了？有什么问题吗？"话音传来，贾佳身后一个高个子、很漂亮的年轻男子也注意到了这边的情况，走了过来。

　　他从贾佳手中接过礼物，随便地看了几眼，"好奇怪的东西啊，这也能算生日礼物吗？"

　　我有些愤怒地望向那个男人。他还是很无所谓的神态，但也注意到了我的眼神，他向我走近几步，有礼貌地对我说："你好，我是贾佳的男朋友，你是她的同学吧。很高兴你能来，尽管你来晚了，没能参加宴会，精彩的部分你都错过了，有些遗憾。不过还是请你把这个奇怪的东西收回去。我代表她向你表示感谢。"

　　我站在那里没有动，低声地说："这条水晶项链是我送给贾佳的生日礼物，你没有权利拒绝。"

　　"哈哈……水晶项链……"青梅竹马的男子将手中的礼品盒举起，摇得哗哗作响，刚刚散去的人们又有一些重新聚集过来，"这就是一条普普通通的玻璃项链，还水晶项链，真是太可笑了。你是在欺骗吗？"我呆站在那里，浑身汗透，不知如何是好。

　　就在这时候，一个白色的人影一下子冲到我们中间，从白衬衣的背影我也认出了那个人是阿杰，原来他没有离开，还留在这里。阿杰一下子抢下青梅竹马手中的礼品盒，那只扬在空中的手停滞在了半空中，阿杰转过身来，却出乎意料大胆地一下子握住同样在原地发呆的贾佳的手，把生日礼物强塞在她的手里，

"这是我哥哥为你特意挑选的礼物，你收下。"

"阿杰，快放手，不要胡闹。"我如梦初醒一般大声地呵斥阿杰。

"不，哥哥，这是你的一片心意，她必须收下。"阿杰第一次大声地向我说话，还是牢牢地把缠着银色丝带的蓝色礼品盒按在贾佳手中。

"你是什么人？竟如此没有礼貌。"青梅竹马缓过神来，一把将阿杰推开几步，而阿杰却疯了一般地扑了上去，和他纠缠在一起。

这时人群开始骚动起来，各种声音潮水般涌过来，还有几个人一齐赶过来帮着推搡阿杰，高个子漂亮的青梅竹马趁人群混乱之中，一脚踹在阿杰的胸口，阿杰摔倒在地，白衬衣的胸口处是一大片污迹。就在阿杰摔倒下去的时候，他刚好躺倒在一块碎石上，那是一块尖锐的花岗岩石块，呈三角形，阿杰顺手捡起了石块，向面前的人抢了过去。伴随"啊"的一声惨叫，青梅竹马捂着手，痛苦地蹲在了地上，并有鲜血从手掌中流了出来。人群瞬间安静了下来，短短的几秒钟，继而发出更加愤怒的声讨。

"伤人了。怎么能够这样？太严重了，快报警吧。"

“先叫救护车吧。”

“还是赶紧报警吧。”

就在众人的意见还没有统一的时候，警车好像先知一般赶到了，我下意识地把阿杰向我身边拉近，阿杰的眼神充满惊慌，紧紧地靠在我的身上，我能感觉到阿杰在瑟瑟发抖。阿杰就在那个闷热的夏天夜晚，被两名警察带上了警车，而我仍然呆站在那里，直到人群散去。我仍然不是很清楚这到底是怎么了，可阿杰被带走了。他说好要回家烧饭的。与此同时，我的耳朵里又传来了巨大的海涛声。

沉重的代价

那个夜晚，我和阿素仰望夜空，月亮泛着奇异的白光，像一个成绩欠佳的孩子，永久地，始终遥遥地凝望着我们生活的星球。

"那后来呢？"我问。

阿素停顿了一会儿，"后来，阿杰因未满十八周岁，被送到少年犯管教所，刑期两年。"

"真需要那么严重吗？"我有些吃惊。

"阿杰挥出去的那块尖利的花岗岩石块，造成了对方右手的无名指和小指的骨折，构成了故意伤害。"

"那也不必要如此严厉的惩罚吧。"

"其实还不止如此。"

"不止如此，什么意思呢？不就是一个偶然的突发性事件吗？况且阿杰还仅仅是个十六七岁的少年。"

阿素看向我，"对方在受到伤害后，不仅提出了高额的医药费赔偿，还有其他一些损失带来的连带赔偿。并且要求法院，严肃追究当事人的刑事责任。还不止这些，还有那条玻璃项链。那条项链是当晚阿杰砸坏了一家百货公司的橱窗，从橱窗里塑料模特身上摘下来的。"

看着我不解的眼光，阿素拿出两支烟，给我和他分别点上，"知道吗？现在说起这些倒是从容平静了许多，感觉有些奇怪，不是吗？"

阿杰在那天傍晚跑出家门后，他先是去了一家市里的礼品店，因为时间的缘故，礼品店也马上就要关门歇业了。所以并没有多少时间留给阿杰来进行仔细挑选。况且连我都没有想好到底买些什么，阿杰更不可能了解。他已经开始感到着急了。阿杰也只是在那家礼品店里买来了那个缠着银色丝带的蓝色的礼品盒。其他一无所获。后来他又辗转去了几家商店，头脑仍是一片空白。他只知道要买一个美丽的、高贵的礼物，才能具有双重纪念意义。时间已过晚上八点，阿杰仍在市里的各条街道没头苍蝇一般地穿梭。礼品盒子里面还是空空的，阿杰内心的焦急可想而知。就在他骑过一家街边的百货公司的时候，阿杰停下了自行车。这是一家并不大的时装公司，公司早已经关门打烊。入口处的黑沉沉的卷帘门早已放下，好像宣告着这一天已经结束了。可临街的玻璃橱窗里面的日光灯却还亮着，也许是工作人员外出用餐了，一会儿还会回来，也许是下班时忘记了，总之玻璃橱窗仍然明亮着，里面立着三个穿着时装的塑料模特。阿杰缓步走到橱窗前面，几乎是将脸贴在了上面。隔着落地玻璃，他看到了塑料模特脖子上那条好像水晶一般明亮美丽的玻璃项链。阿杰就那么痴痴地出神地望着，他觉得终于找到了苦苦寻找的东西。就是这条项链。阿杰转身去拍响那放下的铁质卷帘门，期望里面有值班的工作人员能够打开门，将那条项链卖给他。敲了许久，无人应答。阿杰也许不会想到，就算是有人为他打开了已然放下的卷帘门，作为装饰用的，搭配在模特身上的项链，人家也一定不会出售的。

阿杰低头看表，时间又过去了半小时，这时阿杰看到了不远处躺在道边的一个上了年纪的流浪汉，正在抬头望着他。

阿杰走到跟前，对那个流浪汉说："老伯，我叫阿杰。我有急事，真的很着急的事情，我想买下那条项链，可没有人，我实在没有时间等了。我要在九点前赶到青蓝大酒店去。刻不容缓。请你为我做个证明，明天一早，我就会来，很早我就会来，我会赔偿他们玻璃窗的价钱，还会交付他们那条水晶项链的钱。我不会抵赖的。请你为我做个证明。如果过一会儿有工作人员回来，也请你这么如实告诉他们。拜托了。"

阿杰起身，刚走几步，又转身回来，从口袋里拿出五十元钱，塞到了流浪汉的手中。然后这流浪汉就睁大眼睛，带着恐惧或许还带有某种希望地望着阿杰，打破了时装公司的玻璃橱窗，取下塑料模特脖子上的水晶项链，装进那个蓝色的纸盒子里面，骑上自行车快速地离去。可是阿杰怎么也想不到，那只是一条普通的作为装饰品的玻璃项链。

大约两个月后，那是一个少有的晴朗的日子。阳光明媚，没有风，天空一片湛蓝，只有几条细细的、淡淡的云浮在天空。那天也是开庭的日子。

　　阿杰在法庭上又详细叙述了那天晚上所有事情的经过。当然他向街边的流浪汉所讲的那些话，希望那流浪汉为他做个证明的话，也被所有人当作了无稽之谈。没有人会去相信。因为那流浪汉早已不知去向，也许在当晚就离开了。时装公司所呈报的经济损失也不仅仅只是一面玻璃橱窗和一条玻璃项链的价值，还有许多其他物品丢失。也许在阿杰骑车离开，赶往青蓝大酒店后，又有一些不法之徒进入了百货公司，盗走了其他的财物，不过这些都无从查起，也不再重要了，因为全算在了阿杰的身上。

　　阿杰还是穿着那件白衬衣，在拘留所度过的那段时间，应该也洗过，只不过胸口还能清楚看出那晚留下来的污迹。阿杰断断续续地讲述着，停下来的时候，阿杰会用眼睛在旁听席上寻找我和妈妈。当然他很容易就找到了我们，因为我们就坐在第一排。眼光相汇之后，阿杰又会迅速地移开眼光，定定地盯着前方的某一处。

　　阿杰的眼神里没有了那晚的慌张，镇定了许多，却也空洞了许多。那本不是一个十六七岁的少年应该拥有的眼神。好像有人从里面抽走了什么，一定是抽走了什么，那是至关重要的东西。整个开庭过程中，妈妈的情绪没有什么出人意料的起伏。始终一言不发，安静地坐在我的旁边。可我的胸中却是翻江倒海一般，今天发生的一切，根本原因都在于我，我才是罪魁祸首，站在被告席上的应该是我，而不是阿杰。法官最后宣读判决，刑期两年，当日即刻开始服刑。

阿杰被法警从被告席中带走，从旁边的小门行将离去的时候，他坚定地转过头，望向我们，大声地说："哥哥，不要想太多，没有关系的，照顾好妈妈。我也会好好的。"身边人发出了叹息声和窃窃私语，而我清楚地听到了自己心脏破裂的声音。

　　我和妈妈一起走出法庭，妈妈仍是一言不发，人群陆续散去，整个院子里只留下我们两个人。当押解着阿杰的法院警车从旁边的车库里驶出，不带有一刻停留地驶出法院大门后，妈妈一下子虚脱了一样软了下去，双腿没有一丝力气再支撑身体，瘫坐在了地上。我也同样坐倒在地，身体像经历了千山万水的长途跋涉一样，痛苦、无力。不知道过了多久，我和妈妈就坐在地上哭泣。后来妈妈止住悲伤，对我说："阿素，扶妈妈起来，事已至此，我们要坚强起来，我们接下来还有很多事情要去做。来，阿素，和妈妈回家。"

　　我的毕业考试结果不出所料的糟糕，连一所最普通的学校也没有考入。妈妈并没有责备什么，只是说了很多宽慰我的话。

　　有一天，妈妈对我说："阿素，你在家待两天，妈妈要出去一趟，两天之后就回来。"我没有问太多，妈妈便一人离开了家。在家中独处，心中总会想念阿杰。思绪仿佛是经历了漫长的干旱后，迎来了丰沛雨季的非洲大地，雨水汇流成河，河水无情地冲刷干裂的地表。可大地在得到滋润的同时，也在干裂的地方发出无以言表的疼痛。无奈每月一次的探视时间还没有到。

两天后的下午，妈妈回到家里，陪她一同回来的还有一位房产公司的经济人。那人仔细看过小院子的每一处，又和妈妈在院子里商量了许久，就离开了。

　　晚饭后，妈妈把我叫到身边，对我说："阿素，我们要搬家了。我们今后不在这里住了。"

　　"不在这里住了，妈妈？我们要搬到哪里去呢？会很远吗？"

　　"不很远，在南面的之岛。那里靠近大海。酒楼的工作我已经辞掉了。今天和我一起来的就是房地产公司的人。"

　　原来妈妈离开的这两天，就是去了之岛，房产公司的经济人为妈妈介绍了一个两居室的房子，就是我们现在居住的这个地方。因为妈妈要把我们居住了很多年，就是我和阿杰出生的这个地方，这个独门小院子卖掉。所有的事情和手续在很短的时间里全部办妥了。这和房产公司经济人的努力工作也是分不开的。妈妈将小院子卖掉后，买下了位于之岛小城的这个两室一厅。在规定期限内，偿还了那次事件中受伤害的当事人各种经济赔偿，还有那家时装公司的经济损失及罚款。

　　然后的几天，我和妈妈开始收拾东西，其实很简单，家具和不多的电器都不用带走了，全部留下，只有一些常用的衣物，我特意将家里的那个历史久远的白色瓷壶带上了。知道吗，我和妈妈离开的那天，是坐长途车离开的，早晨，我们把打好包的行李数了一下，只是两个大包袱和两个挎包。就这些。我先帮妈妈把一个用背包带绑好的包袱背在妈妈身后，然后妈妈又背了一个挎包，在手里还拿了一把伞。我同样背起一个绑得结结实实的包袱，又在肩上挂好挎包，手里拎着两个编织袋，里面有那个白色的瓷壶。

在长途车上，我问妈妈："我们每月怎么来看阿杰?"

"坐长途车来，早上早点出来，时间够的。先不要告诉阿杰我们把房子卖了和搬家的事情。"我和妈妈没有再说话，各自默默地流泪。

在之岛安顿下来之后，我便开始工作。先是在一家货运公司上班，每天早上装好货物，随同司机一起，开车前往各个地方送货。在那里干了一年，我又去了家水果超市工作，在那里学习到了一些进货及销售的知识，后来我学习了汽车驾驶，考取驾照，在妈妈的帮助下，买下了现在这部二手的日产汽车，开了现在的这间水果店。

"阿素，你和阿杰，还有谷姨真不容易啊。我从小在之岛长大，原来你也搬来了很久了。我要是早些认识你就好了。我现在才明白，为什么我们那晚去市里找洛越没有找到，回来后我给你看我给洛越准备的结婚礼物，就是那条水晶项链时，你会那么的痛苦。那时我怎么也不会想到，还有这么多伤心的事情伴随着你。阿素，对不起。"

"没有对不起，这只是我的问题。可能是我当时有些过于自我了，看到了项链，就想起了这一切事情都是如何发生的。所以才会瞬间失态了。不好意思，那天让你担心了。"

"时间过去了这么久，那你后来和那个女孩子，就是那个叫贾佳的女孩子还联系过吗?"

"她去澳洲后就没有再联系了，在她走之前，也就是阿杰还没有被宣判和开始服刑前，她打来过一个电话。"阿素淡淡地说。

"她主动给你打来电话，是向你道歉吗?"

"不是道歉，其实也没有什么可道歉的，那件事和她本身也没有什么关系。只是她确定下了去澳洲的日子，问我有没有时间去机场送她。"

我听后觉得有些气愤，"那你去机场送她了吗?"我问阿素。

阿素淡淡笑着摇摇头，"怎么可能。她可能还分不清惩罚与恩赐的界线。我怎么可能再去。"

阿素就是从那时起开始了严重的失眠，直至现在，多年来一直在加重。失眠就像是一个无人认领的梦，一段言无所向的人生，和一场明知故犯的恋情，就在终于盼来了困意，却也迎来了黎明。

接下来的日子，我和妈妈会在每月固定的探视的日子，前往少年犯管教所，去看望阿杰。每一次我们都在半夜起床，提上一些水果和早点，因为早餐是要在长途车上来吃的。水果则带给阿杰。还有一些其他的生活必需品。然后搭最早一班长途车赶往市里，再换车去位于郊区的少年犯监狱所在地。

我们每次都会提早到达，那里也会聚集一些前来探望的人们。不管是晴天抑或是雨天，人群相对固定，大家或是低头私语，或是沉默不语，相互间很少交流。直到上午十点钟，灰色的大铁门的右侧那扇像是在大门上生硬切割出来的小铁门才打开。人们顺次从那小门进入，然后在门口处的一间类似于传达室的地方进行登记。大约再等上二十分钟，真正的探视时间才算正式开始。每次见到阿杰他总是微笑着问我和妈妈的情况，过得如何如何，总是不断地叮嘱我们不要为他担心过多，照顾好我们自己就行了。关于他自己，所说的不多。我们问起，他也总是简单的一句"我挺好的"。其他的情况却不愿多说。

阿杰的个子在不断长高，只是有些消瘦。脸色不是很好。半小时的探视时间总是眨眼般即过，每次分别，阿杰总说，路途太远了，不用每次都来，可我分明从他的眼神中看到了无数的不舍与对下次见面的渴求。我和妈妈每次都会在中午过后回到市里，简单地吃一些午饭，然后乘坐下午的长途车回到之岛。往往到家时已经是晚上。回到家里，妈妈要做的第一件事就是将桌子上的日历翻到下一个月，在下个月的第一个周日的位置做好标记。那是下一次探视的日期。我们家的日历并不是以自然月的结束来翻过每一页，而是以每次探视过后，这一月便在我和妈妈心中结束了，迫切地期待着下一月第一个周日的到来。

秋来暑往，痛苦的两年时间在我和妈妈还有阿杰各自的隐忍之下慢慢走过。却也在我们各自人生的时间表上镂刻下了深刻无比的刻度。

在阿杰被释放的前一天，无比的兴奋与幸福感时时刻刻包裹着我和妈妈。那真是无比漫长的一天，我和妈妈无论做什么事情，都无法长时间地集中注意力。我们不时仰头去看墙上挂着的时钟，越是关注时间，时间似乎越发地缓步不前。我们像以往过年前一样，把屋子收拾得干干净净，在我和阿杰的卧室里，已经不再有以前的大木床，而是换成了两张单人床，妈妈给阿杰的床上铺上了崭新的床单、被罩，连被子和枕头也是崭新的。那晚照例是漫长的无眠之夜，却也不再痛苦，月亮的银辉之下，我扭头望向身边的暂时还是空空的阿杰的床铺，今夜是幸福的无眠。

还像往常一样，凌晨四点，我和妈妈便起床。拎上早饭，还带了一身阿杰的衣服，便赶往长途车站。照例是在上午赶到了那里，漫长的等待之后，办完一切应有的手续，把干净衣服交给警官，然后我和妈妈来到大铁门外面等待。

仍然是漫长的等待，可这等待无论多久，我们都愿意纹丝不动地在原地等待下去。两年的艰难度日，就是在等待这团聚的一刻，等待阿杰回家的日子。

终于那扇小铁门再次无声地打开，阿杰换上了我们给他带来的白衬衫和牛仔裤，拎着一个网兜从铁门内迈步而出。阿杰笑着向我和妈妈走来，妈妈已经忍不住开始低声抽泣。

阿杰一下子猛扑过来，把我和妈妈紧紧地搂在怀里，我们全家人就那么紧紧地抱在一起，明媚的阳光里闪烁着我们尽情淌出的眼泪。过了很久。

"不哭了，我们不哭了。最坏的日子结束了，我们要回家了。"妈妈仍然流着泪，用力拍打着我和阿杰的后背说。阿杰的个子已经和我一般高了，他笑着看我，我也同样笑着望向阿杰。

就在我转身的刹那，他趁我不备，忽然转到我的身后，用胳膊紧紧勒住我的肩膀和双臂，"怎么样，哥哥，我的力气已经和你一样大了吧。"我大笑着使劲挣脱，阿杰用两只胳膊一起死死地圈住我，对抗着我的抵抗。"哥哥，我不再是那个小肥猪了吧。不再是那个听话的小肥猪了吧。我长大了，我已经和哥哥一样大了。"阿杰高喊着。我不再抵抗，我折回双臂，牢牢把住阿杰圈在我的胳膊里，把头埋在那里，不受控制的眼泪和鼻涕还有口水，把阿杰的胳膊弄得肮脏不堪。而阿杰的头死死地靠在我的右肩上，同样弄湿了我的肩膀。

来到市里，我们一家人食不知味地吃了简单的午饭，便转车到长途车站。阿杰开始疑惑，他的眼睛茫然地望着我和妈妈。当我从售票窗口买回三张开往之岛的长途车票后，阿杰终于还是问出："妈妈，我们现在不回家吗？哥哥，我们去之岛做什么？"候车的时候，妈妈向阿杰解释了我们已经不在市里居住，而是将家搬到了远离市里的小城。听到这些，阿杰的眼神瞬间暗淡了下去，我的心也紧紧地揪了一下。

当我们辗转回到之岛，走进老旧的楼道，来到三楼，妈妈拧开门锁，敞开屋门，阿杰站在门口，充满陌生和犹疑的眼神谨慎地望向屋内。我在后面轻拍了一下阿杰的后背，"进来吧，阿杰，我们到家了。"晚饭很丰盛，妈妈烧了一大桌子的菜，可我们没有更多的欢声笑语，每人沉默着将晚饭程序般地进行完。阿杰洗过澡，也早早地上床休息了。那天晚上，我和妈妈还有阿杰，三个人都是各怀心事久久无法入睡。

有些变化就在那一刻无可避免地发生了。

后来的阿杰，性格变得沉默，失却了以前的活泼、乐观，和阳光。他经常默不作声地呆呆地坐在家里，除了必要，很少去触碰家里的东西。好像一切都还是那么冰冷和陌生。在天气晴好的下午，阿杰有时会独自出去走走。两个月之后，阿杰报名上了一所当地的很普通的厨师学校。那段时间我和阿杰还一同考取了驾照，我也在准备开现在这间水果铺，我和阿杰商量，我们两个人一起来经营这家水果铺，可是阿杰拒绝了。他说他还是想当厨师。经过半年的学习，阿杰结束了厨师学校的学习，找到一家附近的小餐馆去帮厨。收入很少，工作却十分辛苦。我们差不多在同一时间学会了吸烟，有时晚饭后，我和阿杰会离开家，来到海边散步。阿杰话不多，他总是低头思考着什么。

"阿杰，在餐馆上班很辛苦吧。不要太难为自己了，和哥哥一起经营这家水果铺吧。"

"哥哥，工作辛苦并没有什么，可我觉得妈妈更辛苦。妈妈的心太苦了。"

"阿杰，我明白你的意思，你不是说不要想那么多吗，一切总会慢慢好起来的。"我无力地说。

阿杰坐在我的身边，没有回答我，沉默。就像眼前的大海，除了海浪冲上岸边拍打礁石的声音，不再会发出任何声音。还是沉默。阿杰又点起一支烟，将烟深深地吸入肺里，长长的时间过后，缓缓吐出。"哥哥，我回来一年多了。有时间我们一起回市里看看吧，去看看我们以前的家。"

一个周日的早晨，阿杰事先请好了假，今天不用去餐馆上班，我们向妈妈谎称要去市里玩耍一天，然后我们乘车来到市里，来到了我们从小生活过的西廊下。

窄窄的街道一如几年前一般宁静，周围的事物也没有太多的变化。街角的大树还在，茂密成荫。我们来到曾经的家，那户独门小院的前面。门口砌了一个小小的花坛，里面的绿色植物和花朵正在竞相开放。小院的门紧紧地关着，门上换了新锁。我们不可能再去敲响院门，不可能再踏入小院半步，那里已经住着不知名的陌生人家。目光跨过院墙，门里的芭蕉树还在，比以前长得更加高大了。宽大的叶子已经超过墙门，我们眼光所及之处就是这么多。

这个小院承载了我们太多幸福的过往，记录着我们共同长大难忘的年月。过去的每一天我们就从这门里进进出出，而现在我们却只能止步于门外，像陌生的造访者。我和阿杰就这样呆呆地站在曾经的家门口，不愿离开。就在那天，阿杰的内心发生了某种变化，某种神秘而明晰的力量将他从过去拉了出来，带往记忆中从未涉足的所在。后来不知不觉天气阴沉了，又刮起了风，后来落下了小雨。雨滴敲打在宽大的芭蕉叶上，发出"叭叭"的声响，在哪一个昨天，在这个庭院，也下过这样的雨。

回到之岛后，阿杰变得更加沉默，很少再能听到阿杰爽朗的笑声。只是能感觉到他在努力地工作着，每天早出晚归，拼了命一般地在工作。每月发到手的薪水，阿杰也会定期地存到一个存折上。如此又过了一年多，阿杰的存折上有了不多的存款。

有一天正好我和阿杰在家里，阿杰走到我身边，笑着对我说：

"哥哥，快要到我的生日了，送我什么礼物好呢？"我才想起，后天就是阿杰满二十岁的生日了。人生当中多么重要的日子。

"好啊，没有问题，你想要什么生日礼物，我一定满足。"我信心满满地说。

"我想好了。我想要白衬衫、牛仔裤，和一双白球鞋。"阿杰说。

"这么简单，就这些吗？"

"嗯，就这些，足够了。"

"要不要一些别的衣服？"

"不用了。我只喜欢穿这些。"

"那好，我们今天就去买吧。"

那天我和阿杰来到商店，为他买了他想要的生日礼物。白衬衫、牛仔裤还有白球鞋。回到家里，阿杰又把这些放到了衣柜里，我不解地问："你不穿吗？身上的这套衣服都旧了，换上新衣服吧。"

"现在不穿，留到生日再穿。"阿杰说。

阿杰生日那天，他穿上了作为礼物的崭新的衣服，显得那么合体、漂亮。晚饭照常很丰盛，是阿杰一人操办了全家的晚饭，饭桌上阿杰也显得格外高兴，不时地说些笑话来让我和妈妈高兴。阿杰还提议喝酒，频频地向我和妈妈举杯，那晚我们真是喝了不少的酒，到底是多少呢，我们每个人都记不清了。最后我们三人竟都有了醉意。阿杰坐在我和妈妈中间，伸出双臂，搂着我和妈妈。"妈妈。放心吧。我和哥哥都会努力，努力挣钱，再把我们曾经的小院子买回来。那里才是我们的家，我们不要在这里生活。"

第二天一早，我起床时，阿杰还没有起，我问他："阿杰，今天不用上班吗？还不赶紧起来。"

"今天和老板说好了，休息一天。"

"那好吧，我先走了。"吃过早饭，我便去店里工作了。

一整天忙忙碌碌，那天的客人可是真不少，客人多，生意自然也好。一直忙到下午，我还没有吃午饭。当我腾下工夫，刚刚坐下来，准备些吃的来填饱肚子，手机响了起来，是家里的号码，那一刻我竟然感到心慌。我拿起电话，是妈妈的声音。

"阿素，快回来，阿杰走了。"

"阿杰走了，走到哪里去了？"

"不知道，阿素你快回来吧。"妈妈焦急的话语中已经有了抽泣的声音。我赶忙收拾了一下，锁好店门，急匆匆地赶回家。推开家门，妈妈呆坐在饭桌边的椅子上，抬头看了我一眼，又低头沉默下了去。我轻手轻脚地走过去，在妈妈身边坐下。看到桌子上放着阿杰的存折，还有一张信纸。阿杰留下了他的存折，给我和妈妈写了一封短信，就离开了。信的内容很简短，让我和妈妈不要为他操心。照顾好自己。他出去闯荡的想法有了好久，只是不知如何向我和妈妈开口，也知道一旦我们知情，他可能就走不了了。所以才不辞而别。这一年多的存款他留下了。阿杰是趁我和妈妈都不在家的这段时间离开的。我起身来到我和阿杰的房间，房间内的一切都没有变，我拉开衣柜，存放阿杰衣服的那格已然是空空荡荡的，阿杰除了带走他所有的衣服，还有那个陈旧的黑皮包。

20岁的阿杰最后回望了一眼这个家，其实这么长时间，阿杰的心里还没有完全把这里当作自己的家。他时时会想起市里的独门小院，只有那里才是他心里的家。能让阿杰暂时把这里当作家的唯一原因，就是妈妈还有阿素，他们在哪儿，哪儿就是家。在这里，在这个陌生的称为家的地方，连续两年，毫无不满与疑问地送走了一天又一天。真是难以置信。他回望了一眼桌上的陈旧的白瓷水壶，将黑色的旧皮包捧在胸口，"再见！"阿杰轻声说出口，不是对房间，而是对曾经存在于此的自己。

香港的宵夜

  阿素讲完这些，我才终于明白，在阿素身上还有那么多伤心的过往。往事重提，花掉了阿素太多的气力。阿素看起来已经筋疲力尽。如此沉重的情感包袱这么多年来始终背负在阿素的心上。阿素的沉默寡言，阿素的焦虑不安，和他长久的整夜不眠，这些都曾是我心头的疑问，这一切，今天阿素给出了我所有答案。我和阿素年龄上只相差九个月，可他的经历却是作为同龄人的我怎么也无法想到和经历的。

  阿素对我说："还记得我们一起过生日的那天吗？吹蜡烛前，我收到了一条信息，那就是阿杰发来的。他每年都会在我生日当天发来一条祝福的短信。那次虽然不是生日当天。我早些时候曾给阿杰发信息，告诉他我要和你一起庆祝生日，并且是在家里。"

  "当然记得。我当时注意到了你低下头看信息的动作和表情。这么说你有阿杰的手机号码。"

  "是的。我有。阿杰一年后有了自己的手机，曾给我打过电话。"

"你们都说了什么呢?"我问阿素。

"阿杰告诉我他在香港找到了工作,是他最喜欢的厨师工作。在一家很气派的中餐酒店里。虽然才开始,不过一切都好。让我和妈妈不要为他担心,照顾好自己。"

"哦,那具体地址你知道吗?"

"这个我不知道。我曾经问起过,阿杰没有告诉我。他不希望我去找他。所以这么多年我只是想念阿杰,有时会发疯一样地思念他,却从来没有去找过他。直到那次我们在市里和那群不认识的人打架,看到那个被人欺负的十四五岁的孩子,我一下子震惊了,瞬时想到的就是阿杰。我才肯定地告诉自己,我一定要去找阿杰,不管结果怎么样,我也要找到他。"

"我也想起来了,那真是一次难忘的经历。还有当时你救下的那个男孩子,和让你揪住衣领揍得很惨的红头发。真是永生难忘啊。"

"是啊。也许我早就该去。"

"这次我们去找阿杰,你也不打算提前告诉他。对吗?"

"是的,请你原谅。我没有打电话告诉他。这样也许会很麻烦,但还是没有打电话的勇气。也怕阿杰知道了,会有更多的压力。实在不好意思。"阿素向我投来歉意的目光。

"没关系的,阿素。我完全理解。"

"我们相识了这么久,你是我唯一的朋友。心底的秘密我没有向任何人说过。原封不动地积压在我的心里。"

"阿素，那谷姨也一定十分想念阿杰吧。我们这次去香港找阿杰的事情，你和谷姨说了吗？"

"说了，我如实告诉了妈妈。妈妈很坚强，不管是当初阿杰入狱服刑，还是他独自一个人离开家之后，妈妈都没有过什么怨言。从小到大，妈妈一直很尊重我们每个人所做的决定和选择。伤心和思念之情，妈妈也是深深地藏在心里。跟我都很少提起。可能是妈妈不想给我增加压力吧。阿杰每年会定期地向他留下的存折上存入一笔钱，每一次存单的到来，就是阿杰传来的消息。"

"阿杰所处的大致位置阿素你了解吗？"

"两年前阿杰写过一封信回来，信封和信我们一直留着。好像在九龙。不过不是家的地址，我想大概是邮局的地址吧。我们只能在那一带找找看了。"

"明白了。阿素。很感激你能把这些告诉我，愿意让我与你共同分担这些。"

"你是我值得信赖的朋友。"

"谢谢你。阿素。"

飞机在深夜经过城市的上空，我透过舷窗，俯身久久地凝望那一片又一片如沙尘般的灯火，极力想象在每一只未眠的灯盏之下，有着怎样一番人生。在我的心里，也很想早一点见到阿杰，看看这个已经离家很久，独自一人在外面闯荡四年，深情的男子。从阿素向我的描述中，我也在自己心中勾勒出了一个阿杰的模样。阿杰你到底在哪里呢？

午夜十二点，飞机平稳降落香港机场。由于已然是深夜，我和阿素乘车来到港岛市区，在花园道附近简单找了一家旅店住下过夜。

　　第二天是周日，一大早，我们便被屋外各种吵闹声唤醒。简单地收拾好行李，我和阿素退掉房间，走上香港的街头。

　　香港繁华热闹，虽然同处海边，气候十分相像，可与我们的之岛小城完全不同。我们那里安静、缓慢，如同漂浮在水面的树叶。香港却是一片喧嚣，步履匆忙，像一个上紧了发条的闹钟，不停赶路。虽然是休息日，街上仍然人头攒动。街道不宽，各色的高档写字楼与豪华酒店、商厦、大型百货公司一家挨一家地拥挤在街道两旁。各家银行与大公司的招牌在楼面的最上空争夺空间，往下一些的空间，是各种金店、酒楼、小商铺，及五金店的霓虹灯的地盘。一团团的人群和红色的计程车，还有双层巴士穿梭其中。

　　我和阿素都是第一次到香港，我们无暇过多地流连这国际繁华大都市的魅力，在街边报亭买了一份地图，又大致询问了一番往九龙城方向的交通，才得知由于不熟悉地理位置，其实我们前一天的夜里曾经路过九龙城区，现在反而到了更远的港岛。了解清楚后，我和阿素就开始了一天的寻找。我们坐上双层巴士，从港岛到九龙的路程，犹如一朵凋零的花。能感觉出渐渐过渡到了香港的老城区。

　　香港的酒楼饭店多不胜数，我们一家挨一家地进去询问，每次都是满怀希望而入，失望而归。直到下午也没有任何消息。我和阿素来到一家快餐店，简单吃了午饭，稍事休息，又开始继续寻找。

天由白到黑，夜晚来临，四周的灯火点亮，街上的行人仍不见稀少，将这大都市变成了一座不夜之城。各家酒楼及餐馆里食客众多，人群熙熙攘攘，这一天中的高潮如约而至。

"老板，请问你们这里有一个叫阿杰的厨师吗？"

"没有啊。从来没有过。你们找错地方了。"

"老板娘，你好，麻烦问一下，你们这里有个叫阿杰的厨师吗？"

"没有啊。都没有听说过。多大岁数呢？"

"今年二十五岁。不是本地人。"

"啊，不好意思了。我们这里的厨师年纪都在四十岁左右的。没有你们要找的阿杰。"

"打扰了。"

"没有关系的，你们再去别处找找吧。"

时间过渡到晚上将近十点，这个时间，各家高贵冷艳的西餐厅都开始偃旗息鼓，高档的中式酒楼里的食客也开始陆续散去。更小的餐馆里，伙计已经开始抹桌拖地，收拾残羹剩饭。街边的商铺、百货、五金商店也打烊了，只有霓虹灯还在闪亮，把幽深的街道照耀得光怪陆离。我和阿素拖着沉重的双腿，精神麻木，走在各条陌生的街道。我们的右前方有一截台阶，共三层，四五十级的样子。通往上方又是另外一条街。夜晚那台阶无人走动，我和阿素走上几级，疲惫地坐下来吸烟。

阿素为我点上香烟，"很辛苦吧。"阿素的嗓子有些嘶哑了。

"还好，阿素，没有关系。"

阿素轻轻地摇头叹气："怎么说呢，实在过意不去。"

"我不觉得很辛苦。阿素。我愿意这样和你找下去。"

阿素沉默了一会儿。熄掉香烟，站起身一把把我从台阶上拉起，"走吧，我们去吃点东西，快晚上十一点了，确实有些累了。"

我和阿素拾级而上，走到上面那条街。那是一条更加狭窄老旧的街道，没有那些霓虹灯的光芒，显得阴暗潮湿，两边是低矮的旧居民楼，在此刻亮着的灯光也不多，路面是漆黑光滑的石板路，偶尔从亮着灯的一两家小卖铺的玻璃窗里透出昏暗的光，也让人提不起兴致来。

我和阿素穿过一条黑黑的街道，从另两座矮楼间暗黑的过道走过。我们又拐过一个街角，茫然无措地不知道该向左走还是向右走。

就在这时，我们眼睛的余光之中，没错，就在我们行将转身向左走去的时候，右侧的余光中腾起一团火焰。"呼"的一下，一团火焰，一团光照亮低沉的夜空。

我们停住脚步，转过身子，向那腾空而起的火焰处望去。原来在我们的右前方，二三十米开外，有一处不大的夜宵排档。排档很简陋，几只白炽灯在简易的由几根竹竿搭起的棚子下面亮着。操作台旁边有一个煤气炉，上面有两只炒锅。五六张不大的折叠桌子摆在周围，每张桌子的四周又放着几把塑料椅子。一群食客分坐在几张桌子旁。

阿素站在那里，仔细地向那里张望。我们一起向那个排档摊走近，走到仅剩下十几米的距离，站定了。继续朝那里望去。这次终于看清，厨师只有一个人，一个年轻的瘦瘦的男子，穿着一条长长的塑料布围裙，在灶台边不停地忙来忙去。见他向其中一个炒锅倒了些油，待锅加热后，油冒出烟来，他随手抓起一把肉菜，"嚓"的一下丢进腾着油烟的一锅热油里，巨大的冲击引起一次小爆炸。烈焰从炒锅中腾起，再次照亮周围的黑暗，也照亮了那男子的脸。那是一张与阿素十分相像的年轻的面孔。他关小煤气，从火上端起炒锅，转身拿过一个空盘，将炒好的肉菜盛入盘中。他转过身去的时候，我们分明看见了长长的围裙里面是一件白衬衫和牛仔裤。我和阿素木然地站在原地，一动不动，就在那望着与我们相隔仅十几米距离的男子。

时间一分钟一分钟地过去，那年轻的男子好像也感到了什么，向我们所站的位置看来。年轻的男子抬起头向我和阿素细细地打量，便呆在了那里，倏然停下了手中的动作，就那么一刻不眨眼地望着我们。

"快点啦，老板，很饿的。"其中一桌的食客可能发现了厨师停下了手中的活计，正在炉火旁发愣发呆，于是催促道。而年轻的厨师好像没有听到一般，仍是一动不动地站在那里，任手中的锅在烈火的燃烧中发出"嗞嗞"的响声。这时，一个瘦小的女孩子，好像是服务员身份的她走到他的旁边，轻声地唤醒了他，又朝刚才发出催促声的那张桌子指了

133

一下，男子才如梦初醒一般，赶忙低头去炒菜。我向阿素望去，阿素双眼红红的，喉结上下浮动着，发出沉闷的声响。

"是阿杰吗?"我轻声地问。

阿素转过头，露出含泪的双眼，"是，那就是阿杰。"

阿杰。没错，那男子就是阿杰，就是我们苦苦寻找的阿杰。他终于实现自己儿时的理想，却是以一种刺破心脏的方式。我和阿素缓步向排档摊走去，阿杰的目光一刻也没有离开向他走来的我们。我们在一张空桌子上坐下，白炽灯亮得宛如白昼。四周围坐的是一群卸下了一整天疲惫的各色人们。从衣着上来看，我想他们当中有些是计程车司机，有些可能是加班到深夜的公司员工，其中也不乏真正的食客，特意来享受夜晚的轻松。

"先生，请问要吃些什么?"刚才那个年轻的女服务员走到我们桌前，递上一张简单的，由纸打印出来，上面覆了塑料膜的简陋的菜单。

我把菜单递给阿素，阿素却没有朝那菜单望上一眼，递还到女服务员的手中。阿素对她说："先来六瓶啤酒，菜我不用点了，让厨师看着做吧。"

"让厨师看着做?"女服务员好像没听懂阿素的话，低声在嘴里重复了一遍，"可是，先生，这个比较为难啊。"女服务员还是礼貌地要将菜单递给阿素。

"没关系，我们和你们的厨师很熟，他知道我喜欢吃什么，让他看着做就好了。"那女孩子犹疑不定地收回菜单，又

134

迈着疑惑的脚步走回到阿杰身边，向我们这边指了指，低声说了几句话。阿杰向我们这里望来，没说什么，又低头烧菜。

一会儿，要的六瓶啤酒送上来了，我和阿素将啤酒倒入杯中，丰富洁白的啤酒花在杯中盛开，啤酒溢出的麦芽香味与以往也有了不同。我喝了一口玻璃杯中清凉爽口的啤酒，点燃香烟，转头去看阿杰烧菜。阿杰再次把火调大，将油烧热，潇洒地撒一把辣椒和葱蒜下锅爆炒，趁着葱蒜翻滚之际，阿杰从操作台边拿出一个铝盆，迅速将事先炸过一次的濑尿虾丢进去大火翻炒，灿烂的花火再次绽开，阿杰熟练地避过溅起的飞油，加入一点椒盐粉后猛地盖上锅盖。焖了两分钟，味道尽入虾肉，香喷喷的焦脆金黄的椒盐濑尿虾就此而成。一会儿工夫，另一盘爆炒鱿鱼、一盘卤肉还有两盘青菜也端了上来。我和阿素早已是饥劳交加，于是推杯换盏，大口地把幸福和快乐的味道吃进嘴里。我也第一次尝到了阿杰的厨艺。"干杯。"我和阿素酒杯相碰，各自喝干一杯啤酒。这种宵夜通常是极有男人味儿的，味道要够咸，够香，够辣，一口酒，一口肉，凡尘皆在脑后，共消万古俗愁。

我和阿素边吃边看向阿杰，过了好一会儿，几桌食客点的菜都已经烧好，阿杰脱下穿在外面的围裙，向身边的女服务员交代了几句，又抬头向我们这里望来，用手向后面拢了下头发，然后低着头，慢慢向我们走来。

我和阿素停下杯筷，看着阿杰，这个清瘦、英俊的年轻男子，一步步走向我们。终于阿杰走到我们桌前，他弯腰拉过一把椅子，紧挨着阿素身边坐下。异常地沉默。

我坐在阿素的另一边，盯着阿杰，垂下的长发遮住了阿杰的双眼，可我仍然能感到那双眼里迸发的光热。阿杰终于抬起头，目光迎向身边的阿素，轻声地说："哥哥，你来了。妈妈好吗？"

　　阿素颤抖着胳膊，用力地搂过阿杰的肩膀，"我和妈妈都好。阿杰。"

　　"哥哥。"

　　此刻的阿杰像个孩子一般把头靠在阿素的肩上，兄弟两人极力抑制住胸口行将迸发出的声音，变成低声的抽泣。时隔四年，阿素再次见到阿杰，再次听到阿杰轻唤"哥哥"的声音，四年的漫长岁月，各种各样的事情都有可能发生。阿素心里明白，纵使相逢得再晚，他面对阿杰时仍然会像此刻一样激动不已，像此刻一样心慌意乱，心底会充满同样的喜悦，同样的确信。

　　阿素和阿杰渐渐平息下来，阿素拍了一下阿杰的后背，"这是我的好朋友，以前和你说过，这次和我一起来香港找你的。"阿素把我介绍给阿杰。阿杰笑着向我点头，伸出右手，我也伸过右手，和阿杰紧紧地握了一下。阿杰的手很有力，也很温暖。"谢谢你，哥哥向我提起过你，见到你很高兴。"阿杰微笑着看着我。我也仔细地看着阿杰，初见阿杰，黑亮的眼睛虽然历经风雨磨难，笑意中仍透出一股天真，却有着温度，如一道温暖的光照射过来。

　　阿杰拿过一个杯子，注满啤酒，举起酒杯，在阿素和我的杯子上重重地碰了一下，仰头喝干。我和阿素也各自喝完杯中的啤酒。然后我们三个人一起边吃边聊。其间阿杰起身又去炒了一大盘蛋炒饭。桌上的六瓶啤酒和几盘饭菜很快被我们全部吃光。

"阿杰，你做饭真的很好吃。以前总是听阿素说起，今天终于尝到了你的手艺，简直太棒了。"

"谢谢，其实没什么，喜欢吃就好。"

"嗯，头一次吃到这么香的饭菜，以后希望能经常吃到你烧的饭。我已经吃过几次谷姨烧的饭，味道很香。还有蛋炒饭，你的水平绝不在谷姨之下。"我有意这么说着。

我们三个人一起点起香烟，阿素深深地把一口烟吸入肺里，"阿杰，和我们回家吧。我们这次来找你，就是想让你和我们一起回到之岛去。"阿素轻声地说。

接下来是沉默，没有回音，我们三个人就在沉默中各自吸着手中的香烟。过了许久，香烟即将熄灭的时候，阿杰小声地说："哥哥，对不起，现在我还不能跟你回去。现在还不是时候。"

"阿杰，过去的事情都过去了，不要再难为自己了。跟我们一起回去吧。妈妈也在家里等你。"阿素没想到阿杰说出刚才的话，情急之下，嗓音有些提高。又是一阵沉默……

"哥哥，还没有过去，我还不能回家。我要努力赚钱，什么时候我能把咱们从前的小院子买回来，我才回家。哥哥，请你原谅。"

阿素脸上出现为难之色，无助地望向我。夜很深了，四周的食客都已散去，那女孩子也开始打扫地面的垃圾和收拾桌子。我用下巴指了一下那边街角无人的地方，阿素明白了。向我点了下头。

"来，阿杰，我们到那边说。"阿素和阿杰起身，拿上香烟，阿杰又开启了三瓶啤酒，一瓶放在桌上我的面前，另外两瓶拎在手里，对我说："不好意思，你自己坐一下，我们去那边聊一会儿。"

"没关系的，你们去吧。多年不见，一定要说的话有好多。慢慢聊，不用管我。"

阿素和阿杰两人走到远处的街角，从我的地方望过去，他们各执一瓶啤酒，边喝边聊，时而靠在墙边抱头在一起，时而一起蹲在路边，香烟的火光在他们手中忽明忽暗，却不曾熄灭。其间有一次阿素好像发了火，他一把推向面前的阿杰，阿杰没有准备向后倒去，可才开始向后倒，又被阿素紧紧地拉住，拉回自己的身前。兄弟两人就这么吵闹伴着哭笑交谈着，阿素曾一度用手指向我，不知道在向阿杰说着什么，阿杰向我的方向看了一会儿，还是低下头去，轻轻地摇头。阿素又点燃一支烟，黑暗里，能看清阿素仰起头，从口中吐出的笔直的烟柱，白色的烟柱直直地吹向黑漆漆的夜空。

那个女服务员收拾完其余几张桌子，就剩下我们这最后一张。我对她说："这里也收拾了吧。我们不再吃了。"

女服务员笑了一下，"好吧。"

我拿起自己面前未喝完的半瓶啤酒，起身离开桌子，坐到旁边的椅子上。阿素和阿杰走了过来，我能看出，阿素的脸上写满失落与伤心。看来还是没有说动阿杰。阿杰动手开始搬动桌椅和操作台，我和阿素也上去帮忙。女服务员把所有的垃圾收好，装入几个黑色的大塑料袋里，整齐地摆在街角对面无人经过的地方。

我帮她拎了两个塑料袋过去，"放在这里就可以了吗？"我问她。

"嗯，这是规定放垃圾的地方，天不亮就会有垃圾车来收的。"她回答我。

阿杰跑向远方的一条窄巷，不一会儿，从里面开出来一辆后面没有篷子的厢式小货车。阿杰把最后排的挡板放下来，我们一起开始向车上搬运操作台，还有炊具和那几张桌子以那堆扣在一起的椅子。把那个简易的棚子也拆除了，阿杰转身去了旁边一间小房子，那房子小得可怜，几乎无法容人，将电线和灯泡还有煤气罐和灶台放进那间只有大概几平方米的小房子。我才看见，原来这几只白炽灯的电源和水源都是从那小房子里接出来的。阿杰关掉小屋的灯，锁好房门。又走回我们身边。原来那小房子的主人和阿杰签订了一份合约，每晚十点到夜里两点，屋前的街角空地可以供阿杰来使用，水电也可以用。阿杰每月向屋主交纳一定的租金，还要负责这所房屋所有的水电。一切收拾停当，女服务员打着哈欠坐在了副驾驶的位置，阿杰从车上跳下来，走到我们跟前。

"租的房子地方太小，就不请你们过去了。"

我笑了笑，表示没关系，不必放在心上。阿杰又走到与他一样身高的阿素前面，伸出胳膊，紧紧地拥抱了一下阿素。"哥哥，我回去了。别生我的气，不要担心我，我很好。你回家照顾好妈妈。"

　　阿素有些木讷，没有说话，也没有动。阿杰又走到我的面前，微笑着对我说："辛苦你了。哥哥告诉我，你是他最好的朋友，我很开心，有你在哥哥身边，就像有我一样。很高兴认识你。"阿杰也同样给了我一个紧紧的拥抱，然后坐进驾驶室，"再见，哥哥，你和妈妈一定要保重身体。我就放心了。"阿杰驾车离开了，从渐渐远去的车子的反光镜中还能看到阿杰的白衬衫。深夜里，空旷的街道上，阿素和我并排地坐在马路边。

檀　山

离开香港前的一晚，我梦见了洛越。

我以前几乎从不曾梦到洛越，也许梦到过，由于时间久远，自己不记得了。

我梦到又回到了我和洛越相识的那个儿童病房，我已经是现在长大成人的我，可洛越还是当年那个6岁的瘦小的女孩子。我轻声走入病房，洛越正穿着病号服，躺在病床上翻看着漫画书。还是当年我们一起翻看的那本《森林大帝》的彩色漫画书。见我走进病房，洛越只是稍稍抬头看了我一眼，又继续津津有味地去读书。我走到洛越的床边，拉过椅子，坐下来，她也没有理睬我，还是目不转睛地看着彩色书页上的各种小动物们。我就长时间地坐在洛越的身边，病房里没有其他人，其他几张床都空着，只有洛越一个病人。我坐了好久，她也不曾与我说过一个字。

我忍不住了，轻声地问她："洛越，我来看你了。你的病好些了吗?"洛越仍是像没有听见一般不予丝毫的理睬。我欠身挪了挪椅子，离洛越更近一些，她显然感觉到了我向她移动，显得有点紧张，瘦小的身子不自觉地向床的另一侧移动了一点。

"洛越，是我。我来看你了。你不记得我了吗？"

洛越合上书，转过脸来望向我，我努力地挤出笑容，让她回忆起我。可洛越的眼神里充满陌生，没有一丝的温度，我从洛越漆黑的瞳孔上看到了自己的样子。那只是个普通男人的容貌，和街上所有走着的三十岁男人一个样子，看不出有任何的不同。我吓了一跳，挺起身子，又直直地坐在椅子上。洛越把书合起，放在枕边，背朝我侧过身去，双腿也曲了起来，短头发、细小的脖子、瘦小的肩膀，还有裤腿里伸出的一对光滑的小脚丫，她只是一个六岁的小女孩。她可能睡去了，像一只小猫一样安静得没有任何声音。

我不忍心再去打扰她休息，起身来到阳台，下面是医院的院子，很多的病人及家属在花园的各个角落休息、谈心。有几只灰色的鸽子，胖胖的，扭动着身体，走到人们丢下的面包屑附近啄食，然后大摇大摆地走开。有两个男孩子的声音传了过来，他们在追逐一个皮球，两个人争先恐后地跑去，努力地把皮球护在自己的身前。其中一个看起来很眼熟，我集中注意力，努力地把视线集中在他的身上，那男孩穿着一身淡绿色的背心短裤，脸跑得通红。那不正是小时候的自己吗？

我与二十多年前的自己隔空相望。

我久久凝视，看着那两个男孩子的一举一动。他们追随着皮球，在院子里跑来跑去，甚至为了领先，相互拉扯彼此的衣服。不对，那不是我，那两个小孩子是年幼的阿素和阿杰。

"哥哥，你耍赖。不能拉衣服的。哈哈……"这是阿杰的声音。身边传来脚步声，我扭过头，当年那个年轻美丽的护士向我走来，穿着白色的护士服，二十多年过去了，她也没有变化，还是那么年轻美丽。她走到我的跟前，笑着对我说："你可是很久没有来过了。来看洛越吗？"我奇怪她为什么能一眼便认出已是成年人的我，而洛越却无动于衷。我不知道如何回答，只小声地说了一句"的确很久没有来过了"。"洛越很听话，看，她又睡着了。"年轻的美丽护士说完，笑了一下，走去另外的房间。

外面起了风，我再向院子里看去，早就空无一人，刚刚还在那里的所有病人及家属，还有那两个追着皮球跑的小男孩都不见了。连那几只灰色的鸽子也没了踪影。

风扬起了尘土。我退回到屋内，把门窗关好，将外面的世界隔绝。幼小的洛越还在背着我安静地睡去。

我还不想离开，便静静地躺在旁边的空床上，想休息一会儿，却不知何时睡着了。睡梦中有人握住了我的手，一只细小的小手，我从梦中醒来，却看到6岁的洛越坐在我的床边，用她的右手握住我的左手，浅浅地望着躺在床上的我，眼神不再像望向一个陌生的男人，还是我熟悉的眼神。洛越把她的小手搭在成年人的我的手中，她轻声地说："你到底还是来了。"

143

我从梦中惊醒，回到现实中的世界。沉沉抬起手腕，看了下时间，现在是夜里三点二十二分。我向旁边望过去，阿素侧身背朝我躺在那里，没有声响，四周寂静一片。没用多久，我再次坠入梦的深处，再次与洛越相见。

我从一个从没有到过的楼道里走过，四周没有任何声音，安静极了。这里是什么地方，我不得而知，既不是我工作的地方，也不是我曾经到过的任何地方。我环顾四周，努力地回忆，好像有些印象了，这是阿素带我到过的那座老旧的六层的楼房。可我们只是从楼外侧的铁质的逃生楼梯到达了楼顶的天台，没有进入那座楼的里面。楼道两旁都是紧闭的房门，只有一个房间的门是虚掩的。这时从那个房间里面传出一个女人的说话声："今晚，我约了洛越一起喝咖啡。"

镜头转向了晚上，我和两个朋友在一家桌球厅里打桌球，奇怪，我哪来的朋友，也许身边的那两个只是陌生人。打完一局，我忽然想起下午在楼道里听来的那句话，"晚上我约了洛越一起喝咖啡。"而提到的那家咖啡厅离我不远。我扔下球杆，对身边的两个不认识的朋友说："不好意思，你们玩吧，我要去找一个朋友，先告辞了。"我走出桌球厅，跑向那家咖啡厅。在那里，我见到了洛越。她和另外两个女人坐在一起，那是一个四人座。美丽的洛越和一个女人并排坐着，另一个女人坐在她们对面，里面还有一个空位。我走到跟前，洛越拢起长发，看向我。我对那个独自一个人坐着的女人微笑着表示歉意，我挤到了里面的位子坐下来。洛越低着头和她身边的女人说着什么，我就直定定地看着她。她显然是认识我的。在和她对面的女人交谈时，洛越抬起头，也看见了我正看着她。她肯定是认识我的。可就是不和我说话。

时间过去了很久，那两个我不认识模样模糊的女人询问洛越如何回家。我有些不礼貌地打断她们，说："我和洛越一起坐公车回去。"洛越没说什么，起身往外面走。我赶忙跟了出去。洛越走得很快，我在后面紧紧跟随。这时两辆汽车向我们驶来，洛越快跑两步，赶了过去，我却犹豫了一下，停下了。等汽车开过去，我和洛越又隔了很远的距离。我快步向她跑去，洛越却骑上了一辆自行车，快速离去。我仍是在后面追赶，洛越的速度也越来越快。她回头向我说了一句"今晚我不坐公车，我骑车回家"。我仍然锲而不舍地继续追赶，我和洛越之间始终保持着不近的距离。跑了好久，洛越骑到了一个公车站，她从自行车上跳下，把自行车留在那里，转身追上了身边刚好进站的一辆公交车，洛越跑上公车，车门关闭，公交车载着洛越离去。

我赶到车站，大口大口地喘着气，望着远去的汽车，茫然地站在那里，不明白洛越为什么这样对我。而我是否应该再继续追赶下去？眼前的车站如此的眼熟，我使劲回忆，这正是中学时洛越来学校找我那天，我送她离开的那个车站。一切恍如隔世。我呆立在原地，怀揣着思欲的焦渴和绝望的预感，翻越山脉，迷失于无边的沼泽，蹚过湍急的河水，遭受野兽的侵袭和绝望情绪的打击而险些丧命。

我不清楚人是不是在极度伤心难过或是失望无助的时候才会想起记忆深处的人。总之那一晚我不停地梦到洛越，也许洛越就是那个我以前不曾意识到，却一直存在我记忆深处的人。可是在梦中，洛越为什么对我不曾有过只言片语，变得陌生起来。这让我很伤心。即便醒来，知道那些只是梦中的情景，却仍然有一种噩梦成真的感觉。我不敢去回忆梦里的内容，却又一次次不由自已地去回忆，一遍遍像是为了防止忘记而去刻意地复习。仿佛自己的大脑和神经被什么人强迫着，做着我痛恨却又不得不做的工作。

回程的航班上我对身边的阿素说："哪天我们一起去看看洛越吧。"

阿素说："洛越回来多久了？"

"很长一段时间了，她大约是在八月回来的，现在是十一月了。"

"好久不见了吧。"

"是啊。上次还是她没有离开之前，我们去市里她租的房子找她那一回。"

"的确是很长时间了。你打算什么时候去？"阿素说。

"今天是星期一，我想这个星期天就去。"

"去她的老家吗？"

"是的，在檀山，洛越说过很多次。可我从来没有去过。"我并没有把昨天梦到洛越的事情告诉阿素。

"你也许早就该去看看她。"

"我们一起去吧？"我问阿素。

阿素笑了一下，"我不去了，你们好久没见了，你独自一个人去好一些。开我的车去吧，毕竟路途比较远，檀山在市区的北面，开车去会快一些。见到洛越代我向她问好。"

"好吧，我会的。"在回到之岛前，我和阿素没有再说关于阿杰和洛越的事情。

回到之岛之后，我便开始忙碌地工作。工作的间歇，午饭时，一个人抽烟或是喝咖啡的时候，那一晚的梦境仍然会未经允许不时地到访，侵扰着我。回到家里，独坐在窗前，或是一个人趴在阳台上，看着眼前的靠海公路和更远处的大海，我会如此地思念起洛越。有过几次拿起手机，想拨通洛越的电话，却没有进行下去。竟有了一丝胆怯。这是为什么呢？以前从未有过的感觉。是真的怕失去洛越，还是我的心里有了鬼，有了顾虑，不再像从前那般问心无愧了？

星期日的上午，我早早的就醒了，大约不到早上七点。认真地洗过澡，仔细地对着镜子刮了胡须，换上干净的衣服。然后自己动手准备早餐。先把水烧好，煮咖啡，煎了两个鸡蛋，夹在烤好的面包片里吃掉。从冰箱里取出一大瓶矿泉水，准备带在路上喝。十点的时候，阿素打来电话，已经在楼下等我。我穿好外套，对着穿衣镜系好那条烟色的围巾，来到楼下。阿素从车上走下来，把钥匙交给我。

"油已经加满了，放心用就是。"

"好的，谢谢。阿素，真的不和我一起去吗？"

"不去了，你路上小心。"

"好，放心，晚上就回来了。"

"和洛越事先打过招呼了吗？"阿素问。

"没有，我想我了解她，她应该就在那里。"我说。

"后座上面给洛越带了一些水果，你带给她吧。"我俯身向车内望了一下，车后座上摆放着一个很漂亮的果篮，里面盛放着很多比较昂贵的水果。

　　"谢谢，阿素，你真细心啊。"

　　"应该的嘛，不要客气。"

　　"那你现在去哪里呢，要不要我先把你送到店里？"

　　"不用了，我今天不去店里。一个人去海边走走。"

　　"去海边走走？"

　　"没什么，不要担心。你赶紧出发吧。还要赶路。"

　　"好的，晚上见。"

　　"电话联系。晚上见。路上小心，拜拜。"

　　我驾车离去，从反光镜看到阿素竖起风衣的衣领，慢慢向海边走去。

　　我很少一个人驾车，这好像是第一次。以前都是与阿素同行。我把车窗稍微降下，让外面的空气从车窗的空隙吹进来。软硬度合适的风吹在脸上，不冷不热，很舒服。想到和洛越已经有一年多没有见面了，心中有些兴奋和紧张。这感觉使我想起初中时候，洛越来学校找我那天的心情，与此刻很相像。不知道她现在是什么样子了？心情应该是彻底转好了吧？我的心里好像有很多的话要向她讲，可到底是些什么呢？又从何说起？我自己也不十分清楚。

　　车慢慢接近市区，我没有驶进市里，而是贴着城市的边缘径直向东北方向驶去。在郊区公路上，中午时分很安静，几乎没有行人和车辆。冬日里充足的阳光透过道路两旁树的枝叶照射下来，将花影一样的斑驳照在路面上。虽然我们这里地处南方，却也能感受到初冬的气氛。树叶已不再像春夏时节那般浓密、深绿，也变得有些稀疏和发黄。路边的芒草也都有了枯黄的痕迹。我并没有因路上无人而提高车速，仍是以先前的速度行驶着。绕过市区，进入北面的公路，路面更加狭窄，也更显得荒凉。远远地就望见了檀山。

其实我一直不明白檀山的名字因何而来。虽然我不曾来过，可它看起来，的确与一座山还是有不小的差距。它的高度应该不到一百米，山体也并不很高大，方圆几公里的样子，山上也并没有什么名寺古刹，和值得提起的景点，只是简简单单普普通通的一座小山，却不知为何有了檀山这么美的一个名字。

我在一个公车站牌下停住，下车走近站牌观望，这是通向市里的一条公车线路的站牌，也是唯一的一条公车线路，站牌上写着"檀山"的字样。四下并没有一个乘客，我点燃香烟，在车下稍事休息。毕竟开了将近两个小时的路程，有些疲劳。

公路旁有一条村路，向纵深处蔓延下去。我踩灭香烟，重新坐进车里，驶下公路，进入了更加窄小的村路，一些矮小的农舍一样的房子分布在村道两边。又向里面行驶了大约两公里，便到了檀山的脚下。因为前面已经没有可以供汽车通行的道路。我将车停在一处不碍事的地方，向四周缓慢地踱步，果然在不远处有一条小径通往山上。我站在山脚下，却无法看清山顶和半山腰的情况，虽然这山一

149

点也不高耸。

我拿好东西，锁好车门，拎起阿素送的果篮，沿小径向山上走去。小路曲折向上，渐渐能看到一些山上的景致。大约在离山下四五十米的高度，有一个平台，面积不小，朝向正南的方向。平台上有几间房子。路过这个平台，继续向上，再经过二三十米的高度，在山的右侧的转角处又被开发出了一个平台，同样有几所房子。我猜想，第一个平台上的几间房，就应该是洛越的家了。她对我说过，我沿小路走上来，她站在屋前的空地上就能看到我。

我终于踏上了这处平台，将手中的果篮放在脚边，环视这里。纵然是土路，也被收拾得平整极了，并且十分干净。四间老房立在北面，是那种砖石结构的老房子。房子很高，房檐长长地探出来，几根木头柱子支撑着房檐。檐下有几把竹椅子，还有一张小方桌。四周围一个人也没有，寂静无声。我缓步向房子走去。

快要走到屋前的时候，从角落里跑出了一只黑色的小狗，样子极其普通，全身都是黑色，小狗在离我几步远的距离冲着我"汪汪"地叫。我停在那里，不敢再向前迈步，倒不是害怕这小黑狗，甚至有些喜欢它。只是想等待它的叫声能唤出屋内的人。小黑狗不时地朝我做着扑过来的样子，向我脚边扑一下，又快速地退开，一直"汪汪"叫个不停。

这时屋门打开了，"是谁呀！"一个老年人发出的声音，从屋里走出来一对差不多六十来岁的老人。两位老人走到我跟前，主人向小黑狗唤了一声，"不要叫了。"小狗听话地走到一旁卧下，把头趴在地上，瞧着我们。

"您好，打扰一下，请问这是洛越的家吗？"我看向两位老人。两位老人将我从上到下细细地打量了一番，脸上疑惑的神情慢慢减轻。

老人和蔼地向我微笑，"这是洛越的家。你是小棠吧？"

听到老人叫出我的名字，我不禁大吃一惊。"是的，我是小棠，伯父伯母怎么知道我的名字？"

亲切的笑意彻底地浮上两位老人的脸庞，"洛越曾经不止一次地说起过你。她说她只告诉过你一个人家里的地址，还不止一次地说你会来看她。"

老人说完，竟有些不好意思地低了低头。可我对两位老人没有丝毫的印象了。"啊，是这样子啊。"我也有些害羞，感到脸上微微发热，"我和洛越在小时候同住过一家医院的儿童病房，算是小病友，不过一直有联系。"

"我们知道。洛越住院的时候我们见过你。"老人又细细地看了我一会儿，"不过确实认不出来了，二十多年了，变化太大了，现在是大小伙子了。你来到这里找洛越，我们才猜出是你，如果是在别处见到，是怎么都认不出来的了。"

"谢谢伯父伯母，冒昧前来打扰，实在不好意思了。"听到老人说洛越曾对他们讲，只把家里的地址告诉我一人，只有我会来看她，我很感动。

"来，快进屋来坐吧。"两位老人把我让进屋内，屋内陈设简单，十分干净整洁。老人为我倒来了茶水，我起身接过。

151

"洛越没在家吗？去哪里了？"

"她现在没在，一早去市里了，不过今天会回来的。你吃过饭了吗？"老人问道。

"我吃过了。谢谢你们。伯父伯母身体还好吧？"我礼貌地和他们聊着天。喝过两杯茶，我对两位老人说："伯父伯母你们休息一会儿吧，我到外面去等洛越，你们不用管我。"

我站起身时，在桌子下面睡懒觉的小花猫发出"喵呜"的一声轻唤，我走到屋外，拿起一把竹凳，又看见了在屋外望云的小黑。我把带靠背的竹凳拿到向阳的地方，坐下来，静静地等待洛越。

午后两点的太阳暖融融地照在身上，风很小，只吹得坡上的枯草轻摇细摆。天空一片深蓝，像汪洋的大海俯瞰着大地。那样的深邃无际，饱含深情。我慢慢地吸着烟，静静地等待洛越归来。

我转头望向身边的小路，目光追随着小路向山下看去，透过芒草的间隙，就发现有一个身影晃动。我起身站在坡地前面，极目看过去，一个美丽姑娘就走入了我的眼帘。

洛越穿着一件粉色和白色相间的毛衣，白衬衫的衣领从毛衣的领口向外翻出。下面穿了一条蓝色的牛仔裤，还是长头发，还是简单地扎在脑后，苗条的身形，洛越正沿小路向山坡走来。我就站在坡前，没有呼喊洛越的名字，就那么看着她一步步走来。

在离我还有大约二十米的距离，洛越忽然停住脚步，抬头向坡顶看，她当然看到了站在坡前的人，看到了站在坡前的我。洛越站在原地停滞了几秒钟，好像在使劲地辨认坡上的人。然后洛越迈开修长的双腿，发疯一般向我跑来。二十米距离的途中，洛越跟跄了一下，起伏不平的小径险些让她摔倒。洛越继续向我跑来，我看着她跑，瞬间儿时发生在儿童病房里面的一幕幕乍现眼前。

我看到6岁的洛越，花样年华的洛越，长大成人已是美丽姑娘的洛越一同向我跑来。没有丝毫的停顿，洛越直扑到我的怀里，我紧紧地抱住她，洛越竟对我说出一句在梦里向我说的话："你到底还是来了。"

"你好吗？洛越。"

"你来了，我就好。"

我笑了笑没有说话。

"在这里等我一下。"洛越走入家中，拿出一条毛毯，又从檐下拿过一把竹凳，放在与我刚才坐过的竹凳旁边，紧紧地挨着。我们彼此依偎着坐在那里，洛越的左手挎住我的右臂，身子稍稍侧过，右手搭在我的身上，我用我的左手握住洛越的右手。她把那条毛毯横铺在我们的身上，我和洛越就那么如此自然地紧紧地抱在一起，说着话。她就那么静静地听着。我把近一年发生的事情向洛越讲述。告诉她关于阿素和弟弟阿杰的事情，还有我们上周一起去香港找阿杰，我们如何辛苦又十分凑巧地找到阿杰，以及见到阿杰之后发生的事情。

讲着讲着，我和洛越竟不知不觉地睡着了。睡得竟是如此香甜，虽然我的睡眠质量一直很好，但如此深沉的睡眠

153

好像还是第一次。没有梦到任何人、任何事情，就是沉沉地睡。

不知睡了多久，太阳下山了，气温开始快速地下降。我醒来，四周的风也大了一些。我扭头，看到身边的洛越并未睡去。

"你没睡会儿吗？"我问洛越。

"没有，一直醒着。看你睡得好香。"我才发现洛越的右手还一直被我攥在手里面。

"洛越，你没睡着，可你的手一直被我这样攥着，很辛苦的，你不累吗？"洛越看着我甜甜地笑了一下。

"不觉得累，你睡得那么香，我怕一动，你就会醒来。"

洛越充满温情的话语直戳我的心脏，纵然岁月磋砣，依然深情不改。

我望着山边的夕阳，抬手看了下表，时间来到傍晚的五点。我掀开盖在身上的毛毯，起身走到平台的西边，与下沉的夕阳遥遥相望。洛越走到我的面前，美丽的脸上带着一丝的忧伤。她轻声地对我说："抱一下再……"

我没有让她把这句她曾经向我说过很多次的话讲完，就伸出双臂用力地把洛越搂入怀中。抱了很久，仿佛一个世纪。我扶着洛越的肩膀，轻轻地把她移到面前。洛越甜甜地笑着，眼角湿润了。

"走之前没有什么话要对我说吗？"洛越问。

我扶在洛越两肩的手渐渐加大力气，看着眼前这个需要我拥抱的姑娘，两眼紧紧盯着洛越黑亮纯净的眼睛。感动于自己终于重拾了一再错过的爱情。

"有，洛越，我当然有话要对你说。你一定听清，你一定记住。"我深吸一口气，用尽全身的力气：

"我的余生，请多关照。"

重返港岛

　　从香港回来以后，阿素把去香港找到阿杰的事情向谷姨细说了经过。谷姨也同样经历了一场阵痛。她是如此思念远方的阿杰，阿杰虽然没有随阿素一起回到之岛，谷姨也十分伤心，却也理解。有一段时间，谷姨经常叫阿素唤上我一起来家里吃饭。我们也就尽量说些别的事情，希望借此把阿杰的事情淡化一些。新年过后春节到来之前的那段时间，公司里不是很忙，我和阿素几乎每天都会见面。

　　阿杰没有随我们一起回来这件事情虽然已经过去了一段时间，可带给我们每个人都有不小的触动。阿素那些日子更加消沉。身体消瘦得更加明显。我和阿素之间，有时会无可避免地谈到阿杰，阿素说他很能理解阿杰的想法和感受，只是觉得自己太对不起阿杰。春节到来之前，我问阿素是否愿意和我一同去国外去我父母那里散散心，阿素没有与我同行，他还要留下来照料妈妈。

　　春节的假期我飞往国外，每年一次与父母的相聚，这次却有了很大不同。我向父母仔细讲述了我和洛越的事情，父母感到十分高兴。他们为我和洛越的感情感到欣慰和满足。当我讲完阿素、阿杰还有谷姨一家人的事情，他们也同样表示出了极大的悲伤和无奈。春节过后的第五天，我便着急返回之岛，父母对我提前结束假期很是理解，并表示要在这一年适当的时候回国看望阿素和谷姨，当然他们也非常想早日见到洛越。

从机场推着行李车走出来，阿素照例在机场外等我。我们没有说话，十分默契地彼此拥抱了一下。今天还是要到谷姨家吃饭，从那年我第一次从国外回来，阿素到机场接我回家一同吃饭开始，后来的每年均是如此。春节回来的那餐晚饭，是一定要去谷姨家吃的，也算是和谷姨还有阿素一同过个年。

到家时，时间将近下午的四点，谷姨已经准备了很多的菜品，我和阿素坐在房间里，这时谷姨从厨房走出来，对阿素说："你去买两只新鲜的海蟹吧，今晚要做一个咖喱蟹。"我对谷姨说不必如此麻烦了，已然十分丰盛。可谷姨却坚持要做那道咖喱蟹，要阿素去海鲜市场购买。我说那我也和阿素一起去吧，谷姨对我说，阿素一个人去即可，要我留下来帮忙做一些其他的事情。阿素没有说什么，拿起外套就出门了。

房门才刚刚关上，谷姨的双眼就红了。我吓了一跳，不知何故。谷姨对我说："来，小棠，坐下，谷姨有些事情要和你讲。"

我不解地坐下来，看着谷姨。谷姨抹了一下眼角，对我说："小棠，阿素经常去你那里过夜吗？"

"嗯……有过几次，不过不多，怎么了，谷姨，有什么事情吗？"

谷姨平静了一下自己的情绪对我说："阿素最近经常整夜地不回来，问起他，阿素只是说去了你家或是水果铺的生意很忙，有时太晚了，就睡在店里。"

我没有回答，听着谷姨继续说下去，"可我知道，阿素是在说谎，他既没有去你那里，也没有睡在店里，具体是在哪里过夜，在做什么，谷姨也不知道。"

我听后十分担心，阿素也不曾向我说过他这段时间经常整晚在外面度过。他到底去了什么地方，又在做什么，我也不得而知。谷姨站起来，对我摆摆手，"来，小棠，给你看些东西。"谷姨走进阿素的房间，弯下腰，费力地在阿素的床下寻找着什么，我站在一旁目不转睛看着，好半天，谷姨从阿素的床下拉出一个纸盒子，上面落满尘土，像很久没有人打开过。谷姨拿到我面前，把盒子打开，里面是一瓶一瓶的药品。我疑惑地拿起一瓶药来看，还没有拆开包装，我又拿起一瓶打开包装的，里面的药片还有很多，显然是打开后只吃了少量，就没有再吃。药瓶上写着许多陌生的名字，我仔细看过药瓶外面包装上的说明，全部是一些精神类药物。我把药瓶放回到盒子里，还是充满疑问，"谷姨，这些药都是治疗精神类疾病的药啊，为什么会在阿素的床下藏着？"

"这是阿素的药，只是他一直藏在床下，我是上周打扫卫生时才发现的。"

谷姨又从衣袋里拿出两张纸递给我，我接过一看，是医院的诊断书，上面是阿素的名字。时间却是春节前的那段时间。医院的诊断上明明白白地写着阿素患有严重的抑郁症。他也曾背着我们偷偷地去医院看过医生，还开了那么多的药。

"谷姨，这诊断书你是如何发现的？"

"就放在这个药盒子里面，压在那些药瓶的下面。阿素还不知道。"

我恍然大悟，原来阿素一直被抑郁症困扰着，难怪他会整夜地失眠，从几年前我们相识的时候开始，他就被病痛折磨着。谷姨流下了伤心的泪水，"阿素一直没有说过，我也是最近才偶然知道了。他的抑郁症已经很严重了，竟然达到了重度，这是非常危险的。可我从来没有发现过。只是知道他这些年一直失眠，只是最近才觉得阿素的状况一下子恶化了好多。竟到了如此地步。"

"谷姨，我明白了，以后我会多注意阿素的。真没想到，他一个人坚持了这么久的时间。"

"阿素和阿杰一样，这两个孩子都很善良，但同样的也很心重。那些过去的事情，我一直以为只有阿杰在耿耿于怀，却不承想阿素也没有迈过自己心里的那道坎。阿杰不在身边，阿素可千万不能再出事了。"谷姨说完，掩面去了厨房。我把诊断书重新折好，压在那些药瓶的下面，然后把那药盒子重新放回床下。

我走回客厅，平复了一下自己的情绪，才明白谷姨为何非要把阿素支出去买海鲜，原来就是为了告诉我这件事情。我走到厨房门口，看到谷姨又在那里烧菜，"谷姨，放心吧，我会经常劝解阿素的，我也会盯紧阿素，绝不让他出事。"谷姨点了点头。

春节结束之后，工作一下子紧张了起来。但阿素的事情，始终萦绕在心头。我时常会拨通阿素的手机，问他在哪里，在做什么。阿素的回答总是正在店里，或是在进货、送货的路上。我便简单询问几句之后，挂掉电话。有一天晚上，我和阿素一起吃晚饭，阿素问我："最近怎么会经常突然打电话给我，询问我当时正在做什么，还有两次都已经很晚了，也打来电话，以前不是这样子的，感觉你总是疑神疑鬼的，你到底怎么了？"

"啊，没有什么，就是忽然想起你了，想知道你在哪儿。"我支吾着说。

"原来是这样，让你费心了。我没有什么，一切都好，请尽管放心。"阿素说。

这样有过几次之后，我也就不再像前段时间那样，几乎每天都打电话给阿素，那毕竟感觉有些奇怪。而是减少了次数，尽量显得自然。

一个周日的午后，自己一个人独自来到海边散步，我坐在岸边的岩石上面，望着远处的大海，偶尔有一只身形巨大的白色的海鸥急速地在海面掠过，向远方飞去，却又兜了一个大大的圈子，飞回来，仍是贴着海面，闪电般的身影在眼前一闪，冲向岸边。白色的海鸥落在海岸上，在沙滩上漫步，每当潮水袭来，便展翅跳起，待潮水退去，又徐徐落下。独自这般起起落落，就像一个白衣的少年，在人生的磨难当中起伏抗争。望着那白色的海鸥，我忽然心有所动，不应该这样下去，必须要有所努力，有所行动，不能只是这般等待下去，要去争取。我做了一个决定，我决定自己一个人再去一趟香港，去找阿杰。阿素、阿杰两兄弟各自背负的东西太多了，这让他们彼此都生活在精神的重压之下。而我是一个旁人，却是知晓内情的旁人。也许我能做些什么，至少我应该去努力尝试一次。

打定主意，自己一下子轻松了许多，我赶回家中，对照着日历，给自己制订了一个详细的工作计划，三天，最多只要三天的时间即可。因为我已经知道在哪里可以找到阿杰，不用再去浪费时间大海捞针一般地寻找。第二天开始，自己按着自己订下的计划努力地工作，要把下一周的工作量压缩在前几天内完成，提高效率，争分夺秒。第二周的周四，如愿地把工作做好，向公司请好假，机票也买好了。我打电话给阿素，谎称自己要去外地出差，需要离开之岛几日，第二天一大早，我怀揣着飞往香港的机票，满怀信心地登上了开往省城的长途车。

我走下双层巴士，到达九龙城的时候是下午五点，我凭着那晚的记忆，走在和阿素一起走过的路上，找到了那三层的台阶，拾级而上，到了另外的一条街，时隔了四个月，变化不大，只是周围的景物在白天比那晚上看起来真切了很多。春天的感觉很暖和，街边的各类植物也因迎来了又一个春天显得更努力和更有生气。穿过两座居民楼的过道，就到了那个街角。

在接近下午六点，大排档还没有摆出来，所以阿杰当然也还没有出现。街上的行人和车辆还在往来交错。我无所事事，又不想走远，买了一瓶矿泉水，在正对街角的路边一条长椅上坐下，看着行色匆匆穿梭于此的人们。感觉有些孤独，毕竟离阿杰出摊摆大排档的时间还有一段距离，我又想起了洛越，如果邀她同来，此刻洛越陪伴在我的身边是不是会好一些。不过也可能有些不妥，我于阿杰来讲也许还算个陌生人，也只是一面之缘。如果再有一个他不曾相识的人在场，也许阿杰会更加拘谨，更加沉默，不愿打开心扉，那我此行的目的也就无法达到了，这不是我所愿意见到的。时间一点一点过去，我不时地抬表，仍觉得漫长。

"你是在等人吗？在等阿杰？"一个女孩子的声音将我的思绪拉回。

我抬起头，眼前是一个不认识的瘦小的女孩子，我并不相识，可却觉得眼熟。我仔细回忆着。

"去年的那个晚上你们来过，来找阿杰，就在这里，我们见过。"

我一下子想起来了，这女孩子就是那晚和阿杰一起工作的那个女服务员。

"啊，你好。这么巧。"我起身礼貌地和她打了招呼。

那女孩笑了笑，"记起来了？"

162

"嗯，是的。不好意思。"

我将身体向长椅的另一端挪了一下，给她腾出一块地方。女孩子大方地坐下来，"怎么是你一个人来的，还是来找阿杰?"她问。

"是的，我一个人。"

"可阿杰不会来了。"她说出这句话，我听后一惊。

"不会来了？什么意思呢，你们不是每晚会在这里摆大排档的吗?"

"这里不会再开大排档了，由于这块地方政府要有新的规划，所以不能再出摊了。"

"那你为什么还来这里呢?"我有些不解。

"我是来给房东交钱，因为有些东西还要寄存在这里一段时间。"

"哦，原来是这样。可我要去哪里找阿杰呢?"我不禁有些着急。

女孩子像是看穿我的心思，笑了笑说："你不用着急，我可以带你找到阿杰。"

"哦，对了，你和阿杰是在一起的，你当然知道阿杰会在哪里。"我如释重负。

"我刚才来找房东结账，就看见你了，开始也是觉得眼熟，后来才想起。你是阿杰的朋友吧?"

"算是吧。"

"上次与你同来的是阿杰的哥哥吧?"女孩子问道。

"是的，是阿杰的哥哥，阿素。你怎么知道?"

"是阿杰告诉我的。"

"阿杰告诉你的？那我们去哪里找他？"

"我们住在一起。当然就能找到他。"

"你们住在一起，你是阿杰的女朋友？"我问她。女孩子有些不好意思地脸红了一阵。

"我们只是一起租房住，我不算是阿杰的女朋友，他不同意。"女孩子小声地回答我。我没有作声。"走吧，我们去我们的家里等他。"

我随她一起搭公车，来到另外一个街区的一个拥挤狭窄的居民区，进入一个单元，走到二楼，"到了。"女孩子摸出钥匙，拧开门牌是 202 的房门，"请进吧，阿杰可能还没有回来。"

我们走入房间，是一个小小的两居室。进门便是一个不大的客厅，左右各是一个居室。"这是阿杰的房间，"女孩子用手指了一下左边的房门，"这边是我的房间。你先坐吧。我去烧水。"

我在客厅的长沙发上坐下，前面是一个圆形的玻璃茶几，再前面是一张饭桌。女孩子来到我身后的厨房在煤气炉上烧水。

"阿杰不在，去哪里了呢？"

"他今天一早就出门了，去找新的地方了，毕竟排档摊还是要开的。可能要晚一些回来。"

女孩子的声音传来。我坐在沙发上环视了一下四周，客厅里除了这沙发、玻璃茶几还有饭桌和几把折叠椅之外，墙角的柜子上放着一台老式的电视机。此外没有其他东西了。

我起身走到阿杰的房间门口，房间没有关门，我探身向里面望去。卧室也很小，靠着墙边放着一张床，被子叠得很整齐，灰色的窗帘向一边拉开，窗子也半开着。挨着床的位置是一张旧写字台，上面有几本书，整齐地码放在一角。桌上还有一个烟灰缸，写字台的前面是一把带靠背的折叠椅。门的后面是一个塑料材质的带拉链的简易衣柜。拉链笔直地拉到最顶端，那就是阿杰的衣柜了。一切简单却很干净。

"水烧好了，来喝水吧。"女孩子把两杯水放在茶几上，笑着对我说。

刚刚烧开的水，从玻璃杯上面袅袅地升起白雾。

"谢谢你。"我走回到沙发旁边，在沙发的一端坐下。

"房子不大，是我和阿杰一起合租的。"

"你们一直租房住吗？"

"是啊。从我们来到香港，就找到这所房子，已经住了三年多了。"

"你们一起来的香港？你是在什么地方认识阿杰的呢？"

我好像有很多的问题要问面前的女孩子，这也是我加深了解阿杰的重要途径。

"我和阿杰是在深圳认识的，然后一起来香港找工作。阿杰一直想到酒楼去工作，但是很难找到。阿杰很会烧饭，香港的晚上，尤其是在老城区，会有许多排档。后来我们就开了这个排档摊。"

"你和阿杰一直在一起租房住，你们一起生活了这么久，

165

你却不是他的女朋友?"我觉得有些好奇,据我所知,阿杰除了妈妈还有阿素,就是和眼前这个女孩子生活的时间最久了。

"不是的。我很喜欢阿杰,阿杰人也很好。可他不愿意我做他的女朋友。"女孩子大方地说道。

"你叫什么名字?"

"我叫七月。"

"七月?"这名字让我又想起了洛越,"很好听的名字啊。"

"谢谢你,阿杰也这么说。"女孩子甜甜地笑起来。

谢谢你

"我的家乡在福建永安的农村，一个叫茅坪乡的地方，却是有名的笋竹之乡。山很多，漫山遍野是茂盛的竹林，很多毛竹长年累月生长得过于高大，遮天蔽日。我们当地的土质是红土地，土质肥沃，几乎种什么活什么，山上茶园也多，还有香蕉林。外面的人形容我们那里是'九山半水半分田。'家门口有一条江，名叫永安江，也叫还乡河。我出生在夏天，所以父母给我起名叫'七月'。我们家中有三个女孩，我是老大，下面还有两个妹妹，都还在念书。我中学毕业就随几个老乡也是我们家乡的女孩子一起出来打工了，到了深圳，在一家食品厂工作。我也就是那时候认识的阿杰。

"我第一次见到阿杰，就为他着迷，说不清楚为什么，总之见他第一面就被他迷住了。七月讲到这里有点害羞，我没说什么，微笑着看着她，等着她继续开口讲下去。

"其实我认识阿杰是很巧合的。我们那个食品厂的工人要分早晚班的，晚班通常要到晚上十点才能下班。那天我刚好是晚班。和几个老乡在外面吃了些东西，一起往住处走，刚好在一条街边，有一个穿白衬衣的年轻男子，好像喝醉了酒，挎着一个黑色的旧皮包，一个人低头坐在马路边上。其实从老远我就注意到他了，虽然偶尔也能见到喝醉酒的人在路边或坐或躺，却从来没有留意过。当我们几个路过他身边的时候，他又拿起手中的啤酒瓶仰头喝酒，我就刚好看清了他的脸，就因为看清了他的脸，我就再迈不开脚步了。那男子就是阿杰。

"我随老乡们又走出一段距离后，我对那几个老乡说我临时要去找个人，让她们先回去，我又返回来，站在离阿杰两米远的地方望着他。虽然离他有两米远，可还是可以闻到浓浓的酒气。阿杰曾抬起头看了我一眼，又低下头去，从牛仔裤的口袋里摸出香烟，他的手有些抖，也可能是酒喝多的缘故，一直没有打着打火机。我就趁着这个机会，走到阿杰身边，从他手中拿过打火机，帮他把烟点燃。说真的，我真不知当时自己哪里来的那么大的胆量，去主动接近一个陌生的男人，还是一个从来不曾见过、喝醉酒的男人。可我的身体就像已经不受大脑支配了一般，当时就是有那么大的勇气。我帮阿杰点上烟，他也没说什么，仍是低头坐在那里，我也就坐在阿杰的身边，打火机仍然攥在我的手里。后来街上的人都没有了，我扶着他，走到了一个立交桥的下面，坐在草坪里。你可能想不到，我陪着阿杰在立交桥的下面过了一整晚。他在前半夜睡着了，我心跳得厉害，想自己这是在做什么啊，老乡们打来电话，不放心地问我在哪里，我撒谎说在朋友家里，今晚不回去了。老乡们还笑我。如果她们知道我和一个从不认识的陌生男人在大桥下面待了一整晚，会是何等的惊讶？

"在阿杰睡着的时候我仔细看着阿杰，身上的白衬衣有了好多的污迹，可穿在他身上还是显得那么好看。阿杰的脸庞如此迷人，男人味道十足，却又清秀俊美。我趁他睡着，偷偷地从他的皮包里面拿出他的手机拨通我的电话，这样我就有了阿杰的手机号码。他睡得很沉，却还一只手搂着他的黑色皮包。后半夜阿杰醒来了，看到我坐在他的身边起先很吃惊，后来我向他讲了他喝醉酒的事情。他对我说他没有事了，让我赶紧回家。我说我不想回去，想留下来陪他。后半夜阿杰吸了好几支烟，每一次都是我为他点烟，阿杰把头凑过来的时候，小小的火苗照亮黑暗中的阿杰，他却不知道我在给他点烟时那火苗正烧着什么，那是一种心烧的感觉。

"早晨的时候，我们分开了，我要去工厂上早班，阿杰说他回他住的地方。下午的时候，我就给阿杰打了电话，晚上就去找他，和他一起吃饭。再后来，我们就熟识了，成了朋友。"

"那天晚上阿杰为什么会一个人喝醉呢？"我问七月。

"后来阿杰说过，他那时刚来深圳两个多月，在一家餐馆打工，做厨师。因为有一次烧菜时用了鸡汤，可有一个桌的客人说他从来不喝鸡汤，会过敏，让把厨师叫来，讲了很多侮辱人的难听话，后来与阿杰发生了争执，餐馆的老板就决定不再用阿杰了，上了一个多月的班，只给阿杰结了半个月的工资。所以那天阿杰心情很不好，才会喝醉。"

我长长地叹了口气，按时间推算，那是阿杰从家离开后，才到深圳不长的时间，也已是好几年前的事情了。

"那后来你们成了朋友，就一起来香港了。是这样吗？"我喝了一口桌上的水，掏出香烟，向七月示意了一下，问她阳台在哪里。

"就在这里抽吧。"七月说。

"可以吗？"

"当然可以，阿杰在家里也要抽烟的。而且我喜欢香烟的味道。"七月起身把阿杰屋里的烟缸为我拿了出来。

"谢谢。"

七月笑了笑。

"七月，你那么喜欢阿杰，你们又一起来香港好几年了，阿杰知道吗？"

"当然知道了。我很早就和他讲了。还没来香港的时候我就告诉阿杰了。不过他不同意我做他的女朋友。"

"阿杰不同意，你不会伤心吗？"

我觉得七月的感情和洛越倒是有些像。

"会有一点点伤心。不过没关系，我不太在乎。阿杰人很好，心很细，很会照顾人，而且这么多年他对我很尊重，他当然知道我一直都很喜欢他，可他从来没有过对我不礼貌的举动。其实我要谢谢他，是他让我觉得现在的生活很踏实，也很满足。我就是想和阿杰在一起，只要阿杰不赶我走，我就会在他身边陪着他。"

七月的话语忧伤中带着幸福，嘴角和眼睛泛起的笑意，证明着她说的幸福，是她真真切切能感受得到的幸福。

"阿杰向你说起过他的过去吗？"我问。

"以前偶尔聊起过，不是很多。直到去年你和阿杰的哥哥来这里找他，你们走后，阿杰那晚喝了好多酒，也向我说了很多，我大致知道了一些。我还劝他说不要把责任全都算在自己的身上，要是细说起来，他的哥哥也有一些责任的。可阿杰一下子就发火了。这是我认识他那么久，他第一次向我发火，他说这全是他的错，不许说阿素一个字的不好。阿杰那晚哭得很伤心，这么多年，我从来没见阿杰掉过眼泪，就是在他最困难的时候，我也没见阿杰那么难过。"

"你们排档摊的生意好吗？"我问七月。

"很好的，阿杰烧饭很好吃，所以会有许多的回头客，阿杰做采购和厨师，我当服务员还有收款，所有的力气活都是阿杰一个人干。虽然我们日子过得简单了一些，不过收入还不错。每年过年前，阿杰和我都要往家里汇钱的。"

"那你们过年的时候也出摊吗？你也不回家看看？"

"过年的时候不可以出来摆排档的，因为街上会十分热闹，春节期间不可以。我每年春节都回老家的，以前是阿杰一个人在这里，今年春节我让阿杰和我一同回了老家。起初他不愿意去，我说了好久，反正他一个人留在这里也没什么意思，后来他终于被我说动了。春节时候跟我一起回了老家。阿杰还买了好多礼物带给我的家里人，我家里人可高兴了，以为是我的男朋友和我一起回来了。阿杰还做了好几顿饭，家里人和亲戚都很喜欢吃。那几天过得真是开心极了。"七月高兴地说。

门外传来了钥匙声。

"是阿杰回来了。"七月赶忙去开门，我也站起来走到门口，阿杰一进门就看到了我，也是大吃一惊。向我身后望了一下，"你来了。"阿杰向我笑了笑。

"我一个人来的，没有告诉阿素。"

"你们先坐，我去洗菜。你还买了鲜鱼，太好了，今天又有口福了。"七月接过阿杰手中提的菜，到厨房里去了。

阿杰还是白衬衫牛仔裤，脚上是一双白球鞋。"来，坐吧。"阿杰招呼我，我们坐在沙发上。我和阿杰坐下来，一时无语，有一点点不自然。他端起我的水杯，走进厨房，又为我添了些水。

"什么时候到的?"阿杰问我。

"今天下午，又去了上次的那个地方，要不是碰巧遇到了七月，也不会知道你们不在那里了，更不知道要去哪里找你。"

"那地方不能再出摊了，要换个地方。"

"找到新的地方了吗?"

"还没有找到合适的地方。"阿杰苦笑着摇了摇头。

"别太着急了。"我说。

"妈妈和哥哥都还好吧?"阿杰问我。

"谷姨很好。阿素也好。"我差一点把阿素最近病情加重的事情说出口，是不想让阿杰太过担心。

"菜都收拾好了，阿杰你来烧吧。"七月在厨房里招呼道。

"你先坐一下，我去烧饭。"

阿杰起身，把衬衣的袖子卷上去，洗过手，进到厨房烧饭。我自己坐了一会儿，也起身来到厨房门口，看阿杰烧饭。

"阿杰，你真的很有烧饭的天赋。"我看着他有条不紊地在厨房里忙着，阵阵的饭菜香味溢出。

"过奖了，我从小就喜欢做饭。"

"阿杰烧的菜好香的，一会儿我们一起吃鱼。"七月开心地说。

不到一个小时，阿杰就烧了好几样菜，盛了三碗米饭，阿杰又拿出几瓶啤酒，我们三个人坐在一起吃饭。我注意到阿杰的右手食指拿筷子时有些不自然，我问他怎么回事，是不是受过伤。

阿杰放下筷子，伸出右手看了一下，"那两年服刑的时候被其他犯人打伤的。骨折了。"

"没有和管教说吗?"我问。

"没有用的，我怕如果告诉了管教，可能会招致更严重的报复。我会忍不住和别人发生冲突，如果是那样就有可能加刑。后来就自己慢慢地畸形愈合了。留了一点点残疾。"

"阿素知道吗?"我问。

"知道，哥哥心很细的，不过一直瞒着妈妈。"晚饭中，阿杰与七月话语不多，偶尔是一句"多吃点"这样凄情的温馨，叫人看了难过。

吃过饭，已然是晚上九点。七月在收拾碗筷。我对阿杰说："阿杰，走吧，我们去外面走走。"

　　"你们去吧，一直待在屋里好闷的。"七月的声音从厨房里传来。

　　阿杰带着我穿街过巷，走过一个大上坡，二十分钟后，竟来到一所学校的门口。学校的大门早就关闭了，我们沿着围墙绕到学校后面，这里竟开了一扇小门，直通操场。原来是学校特意留了这个门，方便附近的居民晚间来此散步锻炼。操场上人不多，还有四五个十七八岁的男孩子在唯一还亮着的一盏昏黄的灯光下打篮球。我和阿杰走到另一端，在有三层的水泥看台上坐下。

　　春天的夜晚，香港的温度适中，空气也很湿润。这晚的月亮很好，又大又圆，可能是刚刚过了农历十五的缘故，月光倒显得比路灯亮了许多。

　　"阿杰，为什么不愿和我们一起回到之岛呢？谷姨和阿素都在等你。"我没有多绕圈子，直接向阿杰抛出了这个问题。

　　阿杰沉默了一会儿，"我不是不想回去，我每天都想回去。可还不是时候。"

　　"阿杰，不要总这么想，过去的事情都过去了，那并不是你的错。"阿杰摇了摇头，还是很坚定，"我以前从来没觉得自己犯过错，哪怕是在服刑的那两年时间，我也从没觉得自己是个罪人。可当我看到妈妈为了我，把我们先前的家变卖掉了，和哥哥一起搬到了现在这个家，我才真正觉得我是个罪人，这一切都是因我而起。我要在这里打拼下去，直到我能把家买回来，我才能回去。”

阿杰看着远处那几个打篮球的男孩子。其中一个男孩子跑过来捡球的时候，冲阿杰招了招手，“今天不一块打球吗？”显然认识阿杰。

“今天不了，你们玩吧。”阿杰回答了一句，“你知道我在偶尔休息的时候最喜欢去哪里？去海边。从这里坐公车大约一个小时，就能到海边。我去海边不是看海，之岛也有海，是看飞机。香港的机场也是在海边，是填海造的。飞机起飞后，先要朝着我所站的那个海湾飞，在那里转一个圈，然后再飞向各自不同的方向。我每次去那里，看飞机在头顶上飞过，我就想，如果我搭最早的一班飞机回去，下午就能到家了。那就是我回家的路。”

我听了阿杰的话，心里十分难受。“可是阿杰，这样的话，你太辛苦了。”

“妈妈和哥哥更辛苦。自己选的路，再苦也要把它走完。”阿杰坚定地说。

阿杰静静地坐在那里，像被时间风化了的一块铁，全神贯注，整个人强劲而深邃。漆黑的眼睛直定定地望着前方，眼睛里面有丝绸般鲜亮的光泽，和上次见面时一样，有坚强，也有温暖的光。

“你和哥哥是什么时候认识的？”阿杰扭过头来看着我。

“我一直生活在之岛，就像命中注定一样，我和阿素认识好多年了。可我还是觉得我与阿素相见恨晚。其实之岛是个很美丽的小城。”

阿杰在我的叙述中始终一言不发，静静地听我讲述这些年来我和阿素的点点滴滴。给他讲我和阿素在便利店初识的那个雨天，我们如何在后来这些年的过往中成为感情至深的朋友。讲和阿素一起过生日，一起去送货，还有一次一起打了架。我告诉阿杰，阿素和我经常一起去海边看海。对于阿杰和阿素的过去，阿素的记忆是那么清晰，历历在目，且饱含无限的深情。阿素带我去过很多他和阿杰曾一同到过的地方，包括那座旧居民楼楼顶的天台。在那里，我也好像曾见过阿杰年少的身影，踮起脚尖，头也才刚刚越过平台，眼睛平行着向外面望去。还有幼小的阿杰背着那个黑色皮包，拿起积攒的票根，站在阿素身边，当售票员卖票报站的样子。儿时的阿素和阿杰像连在一起，嬉笑打闹着走过西廊下的各条街道。我甚至说到了洛越，尽量不带一丝遗漏地把这些年发生的事情全部告诉阿杰。

　　"阿杰，阿素这些年同样背负着深深的自责，你们同样生活在过去的阴影之下，可这本身并不全错在你和阿素，你们都没有错。包括那个名叫贾佳的女孩子，她也没做错什么，要怪只能怪命运弄人。"

　　我给自己和阿杰点燃香烟，拍了拍阿杰的肩膀，

　　"阿素一直以你为自豪，你在他的心里是全世界最好的弟弟，你们同样用情至深，可带给对方的却是绝望的想念，和孤独的守望。我不指望你这次能和我一同回去，毕竟在这里你还有你的事情，身边还有七月，可还是希望你早日回家，回到我们大家的身边。回家的路，永远都是最正确的路。"

阿杰抬起头认真地看着我，"哥哥能有你这个朋友我真为哥哥高兴。谢谢你。"

遥远的夜空中浮着巨大明亮的月亮，凝目望去，能认出巨大的环形山和大峡谷制造的奇妙的阴影。一如我们彼此的心事。月亮依旧沉默，但已不再孤独。

再见，亲爱的朋友

那一晚我留宿在阿杰与七月的家中，阿杰坚持要我睡他的卧室，我最后还是在客厅的沙发上睡下，我不愿因为我的到来，打乱别人的生活习惯。

第二天，我准备乘下午的飞机回去，吃过早饭，和七月告别，阿杰要送我去机场。在等船过海之前，我和阿杰来到他常来的那个海湾，眺望远处在海港进进出出的货轮。阵阵的汽笛声从远处传来。一架又一架从机场刚刚起飞的飞机，朝海湾的方向飞来，在我们头顶转弯，我和阿杰仰头望了一会儿，海风很大，呼呼地把我和阿杰的衣服卷起。

"阿杰，我回去了。还是那句话，早日回家。"

"嗯，我会的。替我多照顾妈妈和阿素。"

"你多保重。"

"谢谢你。再见。"

由于飞机晚点，到达省城的时间晚了三个小时，赶到市里的时候，我只得搭最后一班长途车赶回之岛，到家也已经是接近晚上十一点。带着长途奔波的疲劳，进了家门，连澡都没顾得洗，喝了杯水，就一头栽倒在床上睡了过去。睡前的最后一个想法是明天要打个电话告诉阿素我回来了，再找个机会和阿素见面，把我独自去香港与阿杰会面的事情告诉阿素。那一晚酣睡得如此香甜。

大约早上不到七点的时候，窗外一片吵闹，我曾醒来。隔着窗帘也能看到外面的天已然亮了起来。我躺在床上，听到外面除了有嘈杂的人声还有警车与救护车的警笛声，这在我们这个安静的小城从没有过。我本想起来拉开窗帘一看究竟，可因为困意的再次袭来，又转头睡去。上午十点，我再次醒来，感到肚子有些饿了。算了一下，从昨天晚上在飞机上吃过一点东西之后，有十多个小时没有吃什么东西了。于是起来，仔细地洗过澡，把脏衣服丢进洗衣机里，换上干净的衣服，简单地吃过早饭。我来到窗前，向外面望去，在海边还聚集着一些人，还有一辆警车停在那里。

我穿好衣服，走出家门，向海边走去想看看到底发生了什么。人群还围在那里，一辆警车闪烁着警灯，警笛不再鸣叫了，四周拉起了警戒线。靠海公路的一条车道也被临时封闭了。我感到很奇怪，之岛这里从来没有发生过什么刑事案件的，这次却显得非同小可。我站在人群外面，却看不到里面到底发生了什么事情。只看到一台吊车高高扬起的巨大的吊臂在防坡堤下方的石滩上作业。又近前了几步，透过人群的缝隙，我看到靠海公路边上连接下面石滩的一段护栏被撞断了。

我忽然感到一阵心慌，心跳得厉害。一种莫大的恐惧感充斥着全身。我开始奋力地挤开人群，向里面挤过去。耳边传来被我挤到的人们发出的不满、呵斥与牢骚。我无心在意这些，只是更加努力地分开身边的人们，向最里面挤。就在我将要挤过所有人群的时候，隔着护栏我看到那巨大的吊车正在从石滩上面吊起一辆撞毁的白色的汽车。

　　一瞬间，我全身所有的血液冲向了头顶，眼泪顷刻间夺眶而出，我的眼前模糊一片，面前所有的人都变得只剩下模糊的轮廓。"阿素。"我带着哭腔大声地叫道，周围的人群在我的叫喊声之下，刹那间安静了下来，不再发出任何声音。我不用再看第二眼，就认出那白色的汽车正是阿素的车。我冲到警戒线跟前，扬手抬起眼前的黄色警戒线想跨过护栏冲下防坡堤，这时一名警官一下子把我从护栏上扯了下来，力量之大，我猝不及防，一下子摔倒在地，那名警官把我从地上拉起，可有力的双手还是紧紧地拉着我的胳膊。

　　"你是什么人，要干什么？"

　　"放开我，让我过去，那是我的朋友。"我不顾一切地用力想甩脱被警官拉住的胳膊。

　　"你先别激动。到底是怎么回事？"

　　"让我过去，你让我过去，那是我的朋友。"我声嘶力竭地哭喊着。这时在下面的石滩上站着的一位警官向拉住我的那个人挥了挥手，"让他先下来。"拉住我胳膊的那双手稍稍放松了一些，他与我一同翻过护栏，冲向石滩。我径直冲过下面那人的身边，向吊车跑去。"喂，注意安全。先不要吊

180

了。"那人喊道。吊车停止了作业。那两个警官也紧随我跑到吊车旁边。白色的日产汽车前部已经严重损毁，车前的挡风玻璃全部碎掉，车门也变了形。车里已经没有人了。

我一下子跪倒在沙滩上，"人呢，车里的人呢？"我回头向身后站着的两个警官喊叫。

"人已经死了，遗体已经被医院的救护车拉走。驾驶员当场死亡。"

"阿素，这到底是为什么呀，你怎么那么傻啊。"我的头一下子抵在了沙滩上面，喉咙处发咸发甜，有一股血腥的味道。我的身体蜷缩成一团，就那么放声大哭。

身后的两个人等了一会儿，走过来，拍了拍我的后背，我还是没有一点力气，仍然是浑身颤抖地趴跪在那里。两个人又等了几分钟，再次拍了拍我的后背。

"你说车里的人是你的朋友，到底是怎么回事？能向我们说明一些情况吗？"

我没有做任何的回答，只是大声的号哭变成了细声的低泣。大约又过了十分钟，我渐渐止住哭声，抬头看向那两个盯着我的人。

"人没有抢救过来吗？"我问他们。那两个警官对视了一眼，摇了摇头。

"发现的时候，驾驶员已经死亡。你缓一缓情绪，不要太激动了，请随我们回警局一趟，我们要了解一些情况。"

我的两腿断了一样在他们的搀扶下走上防坡堤，像植物人一般坐进警车的后座，两名警官分别坐在前面的副驾驶位置和我的身边，车顶的警笛再次拉响了。车窗外聚集的人们睁着大大的眼睛，目送着警车离去。

我呆坐在警局的一间办公室里，对面的警官为我接来一杯水，放在我的面前，又在我对面的椅子上坐下，两只眼睛紧紧地盯着我。在等我开口告诉他什么。身后的门被敲响两声，然后门被拧开了，进来了另外一个警官，他手里拿着一个黑色塑料文件夹，绕过桌子，看了我一眼，把那个文件夹在我对面的警官面前打开，对那个警官说："经过调查，死者的身份搞清楚了。死者名叫昂素，中国公民，男性，29岁。未婚。九年前从市里迁到这里。事情大约发生在凌晨的四点到四点半，在今天早上六点被过路的人发现，然后报警。化验显示，死者体内没有酒精，不是酒后驾驶，血液内也没有毒品残留，死者也不曾有过吸毒的历史。初步可以判断为自行驾车撞毁路边的护栏，冲下公路，撞在下面的石滩上。交通部门经勘查测定，当时的行驶时速不低于五十公里每小时。且没有任何制动的迹象。有可能是疲劳驾驶，也有别的可能。比如轻生。现已通知其家人。"

听完了进来的那人简短的汇报，我的眼泪又不受控制地流了下来。刚刚进来的那个人立起文件夹，又把什么东西给对面的警官看了一下，那警官望了我一眼，用下巴向那人冲我点了点。那个人走到我身边，"你叫小棠？"那人问我。我点了点头。"死者在车里留下了一封信，是留给你的。"

他打开那黑色的文件夹，里面装着一个信封。我抬起头来，颤抖着伸出手想去接那封信，可他并没有直接交到我的手上。"虽然是死者留给你的信，如果可以的话，我们想先看一下信的内容，毕竟这对事情发生的原因和经过很重要。希望你能理解和支持。"说话的语气并不像在征求我的意见，而是在通知我。我点了点头。那两人起身离开了。

我独自一个人坐在屋里，看了眼墙上的挂钟，时间是下午两点四十分。屋子外面的人都在忙碌，电话和传真不时响起，工作人员也是忙碌着，不时地进进出出。接打电话，偶尔传来几句彼此的玩笑声。我扭头向百叶窗看去，隔着百叶窗的一条条细缝，也能看出今天是个大晴天，阳光耀眼，外面应该温度很高。墙上的空调会每隔几秒钟规律地发出沉闷枯燥的轻响。可这一切又和我有什么关系呢？阿素在这个早晨离我而去，他是永远地离开了，再不可能见面。我在心里想，如果我昨天晚上回来后就给阿素打个电话，哪怕自己晚睡十分钟，打个电话给阿素，事情会不会就不会发生了？

我感到窒息，像被什么人捂住了嘴。身轻如燕，却又心载千钧。我不敢想下去，浑身一阵发冷。皱着眉头忍受着身体内部所有角落带来的全部不适。

门又被拧开了，刚才坐在我对面的那个警官又走了进来。他没有再坐到对面，而是拉过一把椅子坐在我的旁边。我扭过头看着他。他把那信封拿了回来，放在我的手边。另一只手拍了下我的肩膀，对我说："信的内容我们看过了。从现在来看，死者应该是自杀。死者患有严重的抑郁症，病史也应该很久了。这一点我们从医院方面也了解到一些情况。医院方面证实，死者近三年共四次，去医院看过精神科，开了相关的药物，可效果一直不好，最近一段时间，死者的病情恶化，以致产生了轻生的念头，至少从目前我们了解到的情况来看是这个样子的。于是死者在今天凌晨驾车从公路上撞破护栏，冲下防坡堤，撞毁在下面的岩石上面。情况就是大致这样，信你先拿回去。"

我低着头看着桌子上的信，上面写着我的名字，是阿素的笔迹。"你还有些什么情况要向我们警方说明的吗？"

我摇了摇头，"没有了。"

"那好，先这样吧，你把信拿好，回去休息吧。不要太难过了。有什么事情，我们会再联系你。"我费力地把桌子上的信拿起来，又仔细地看了看上面阿素的字迹。我把信封叠起，装入上衣的口袋，无力地站起身来，我的胸口像是被炸出了一个大洞，一个金属般坚硬的大洞，发生巨响一样无声地的回响。走廊里传来了谷姨悲恸欲绝的哭喊声。

每到夜晚，我一个人躺在床上，眼前一团漆黑，我也便跌落回对往昔强烈的拉拽与不舍，和痛苦无望的深渊。感受一种前所未有的巨大空虚撕扯我渐渐远离了自己的梦乡。直到黑暗在曙光的照耀下一点一点变稀变淡，屋内的一切慢慢显现出模糊的轮廓。我清醒至极，以至于完全无法入睡，一夜又一夜地辗转反侧。阿素离开了，却把失眠留给了我。

阿素的葬礼在一周之后举行，只有我和谷姨还有洛越三个人。阿素葬在小城西郊的安亭公墓。公墓面积不是很大，依安亭山而建。阿素的墓坐落在靠近山顶的位置，地方很好，远远地能望到远处的大海。不大的石碑上面刻着"昂素之墓"四个字。谷姨和洛越哭得十分伤心。我已经没有太多的眼泪，这几天，好像是把所有的眼泪都流干了。谷姨憔悴了很多，几天的时间，头上生出无数的白发。她坐在墓碑前面的石阶上，一直伤心不起。洛越从谷姨身边站起来，搂住我，把头倚在我的肩上，抽泣着说："阿素好傻啊。为什么这么想不开。这里还有他的亲人还有我们啊。"我没说什么，我觉得现在我可以理解阿素了，从心里面原谅了他的不辞而别。

从墓地出来，我和洛越一起把谷姨送回家。谷姨回到家，先在房间里面躺了一会儿，我和洛越坐在客厅里。房间显得十分冷清，我和洛越谁也没有说话。阿素和阿杰的房间静悄悄的，阿杰还没有回来，阿素却离开了我们。

我感到有些疲劳，对洛越说："你累不累，要不要去休息一下。"

"我不觉得累，这些天你累坏了吧。我在这儿看着，你去休息一会儿吧。"

"那好吧，辛苦你了。"

我起身来到阿素和阿杰的房间，在阿素的床上和衣而卧。在阿素的床上躺了很久，虽然极度疲劳，却丝毫没有睡意。已经好几天了，从阿素离开那天开始，我的睡眠就离我而去了，好像被阿素一同带走，我也开始整晚失眠。有时才刚刚睡着，又会在梦里见到阿素，继而哭醒。现在才知道说过了"再见"就真的再也见不到了。

接近下午的时候，谷姨起来了，要给我和洛越去做午饭。我和洛越连忙劝阻，谁也没有什么胃口。谷姨说："这些日子真是难为你了。伤心归伤心，饭还是要吃的，哪怕是少吃点。"我被谷姨的坚强所感动。洛越说："谷姨，你们说会儿话吧，我去煮点粥来。"谷姨同意了，和我坐在客厅里说话，洛越去厨房里煮粥。

"给阿杰打过电话了？"谷姨问。

"前天打过了。我想了好久，还是把阿素离开的消息照实告诉了阿杰。"

"也好，开始不想直接告诉他，怕他一下子接受不了。告诉他也好，该面对的总要面对，时间长短而已。"

我给谷姨倒了一杯水，放在她面前。"一些该办的手续都办好了。车也送到修理厂了，估计一个月后就可以修好。"

"太谢谢你了。"

"谷姨，不要客气，这都是应该的。你要照顾好自己，阿素和阿杰最常挂念的就是你。所以请一定要保重身体。"

"我会的。放心吧，小棠。有什么事情，我会给你打电话。阿杰估计很快就会回来了。"

"有事情，就打电话给我，我的手机从来不会关机的。"

"哦，对了，"谷姨起身又走回里屋，拿着阿素留下的信走了出来，"这封信还是放在你那里。信的内容我看了好几遍，阿素留给你的信，还是由你保留着，做个纪念吧。"我从谷姨手中接过信，折好，放在口袋里面。简单地吃过午饭，我和洛越告别谷姨，从家中出来。

我们走到街上，阳光炙热地烤在我们身上，像是要把我们身体里面仅存的水分蒸发出去。

"送你去车站吧。"我说。

"真的不用我留下来陪你几天吗？"洛越问。

"真的不用。我没关系。你也要回市里上班了，不能老请假。我也要回公司上班了。"

我和洛越走到车站，我对她说："路上小心，到了发个信息给我。"

"好，我会的。你不要太伤心了，别累坏了身体。自己照顾好自己，需要我就给我打电话。"洛越不放心地叮嘱我。

"我会的。放心就是。"

车来了，洛越扑到我的怀里，我们紧紧地拥抱了一下，洛越坐车离开。

我又回到孤独之中，又开始了一个人独自生活。工作的时间里，我会比以前更加努力地投入，只有这样才能让我暂时忘却阿素。下班后，我一个人来到便利店，随便买几样食物，回到家里，简单地吃过晚餐，就会一个人来到海边，坐在以前经常和阿素一起坐过的岩石上，一坐就是几个小时。经过了好几年，时间有条不紊地前行，可生活仿佛又回到了原点。仍然是我一个人，不再有阿素的陪伴。

周日中午，我把最近一段时间积攒下来的脏衣服在洗衣机里面洗干净，午后的阳光正好，我拉过一把椅子，坐在阳台上，又把阿素的信拿出来读。

小棠，原谅我。这是我现在唯一能向你请求的。我知道我这样做很残酷，对你、对妈妈还有阿杰都是如此。可我别无选择了，只得不辞而别。其实这封信我写好一段时间了，一直带在身上，不知道应该在哪一天，在哪天才能让你看到信。因为不管是在哪一天，对于你们都将是无法接受的。之于我，却有可能是真正的解脱。我真的坚持不下去了。这些年，我没有睡过一晚的安稳觉。失眠与焦虑如影随形。也许正该如此，哪一个负罪之人又能安然入梦呢？也许只有做如此的选择，才能最终原谅自己。

我们一起经历了这些年，对此我深怀感激。在阿杰离开后，也正是有了你的陪伴，我才得以能拥有短暂且珍贵难忘的愉快时光。我也只能说一声谢谢了。前段时间你频繁地打电话给我，询问我在哪里，在做什么，原因我当然十分清楚，也许你已经知道了我的秘密。我曾去求医，也做过努力，但这些终无济于事。在那些个没有回家的夜晚，你一定想知道我是在哪里度过。有时在海边，在海边过夜，但是更多的是在市里，我有几次在海边待到天黑，就开车去了市里。我上过那楼顶的天台，记得吗？我们一起上去过一次。我在天台上过夜。我还去看了以前的小院，只可惜见不到了。再也见不到了。小院连带那附近的一片区域，全部拆除了，要开发成一个新的庞大的社区。现在那里只是一个工地。我在工地外围的水泥管上坐了整夜。第二天的下午，我又来到那地方，发现周围的一切全都不认识了，只有各种施工车辆和人员在忙碌着，以前宁静的西廊下，现在就是一大片乱石和尘土。阿杰说要等他把小院买回来的时候才回家，他再也无法做到了。我多么不忍心告诉他：你我最熟悉的街，已是人去夕阳斜。在深夜里，我围着工地转圈，像是走在以前的各条街道上。阿杰好像就走在我的身前，我能看到阿杰的影子。我在黑夜里能看到阿杰在我前面，转过了他小时候含笑的脸，不变的眼。对于阿杰，我向你说过，他是我唯一的弟弟，也是最爱的弟弟。我曾自私地想过，如果我有其他的兄弟姐妹，我不知道我能否把这份兄长之爱平均地分与其他人，我真的不知道，我能否做到。妈妈这些年太辛苦了。对于生活，她不曾有过一句抱怨。总是在无限关爱我们。对于生活的痛苦，妈妈总是只字不提。可我却不能不明白。因为我的原因，却使得阿杰离开了那么久，到现在，也许只有我的离开，阿杰才能加速回来。阿杰回来，希望你能如我一般对待他。他是一个很懂事的孩子。原谅我吧，就此别过了，亲爱的朋友，好好生活。

阿素

我闭上眼睛，在刹那间回顾漫长的岁月，宛如爬上遥远的从来不曾到过的高冈，在那里感到了来自远方大海的气息，又像侧耳听到了峡谷幽深的风声。高远的天上飘着云朵，是充盈着记忆的雪白的云。

旧路还家

每一天，低垂的天空被银白色的阳光炙烤得一片苍白。

海水退潮之后，远处的沙滩上有两个年轻人在放一只彩色的风筝。一只小狗追逐着海滩上面的树枝和皮球，跑来跑去。

阿杰在十天之后回到了之岛。

我到车站去接他。身体瘦得几乎不成样子，眼窝深陷进去，脸色苍白，一见之下，让我不忍心多看。

阿杰背着一个双肩背包，胸前仍然挎着那个从小伴随他一起长大，比他年长的黑色的旧皮包。

"那边的事情都处理好了？"我问阿杰。

"是的，都处理好了。因为不打算再回去了，和七月商量了一下，她有可能还回深圳找她的老乡，把那些再也用不到的家具全部处理掉，房租也和房东那边商量妥了。只住到这个月底。可能七月还要在那里逗留些时日。"

"她也知道了？"

"是的，我告诉她了。所以七月也理解。只是再见面就不知道要到何时了，也可能没有再见的机会了。"

"你这些年在外面闯荡，一直有七月在你的身边陪伴，阿杰，我听七月说你不同意做她的男朋友，你们没有开始过?"我问阿杰。

阿杰摇了摇头，"没有开始过。开始也就意味着结束。因为我看到了整个过程，又何必开始呢。"

我没有说话。

我和阿杰步行到小区的楼下。阿杰停下了脚步，有些怯意而无措地望向我，那眼神对于我来说感觉似曾相识，可是我何时见过阿杰这样的眼神呢? 对了，我想起来，是阿素讲过，在那年夏天的夜晚，在阿杰出事被带上警车的那个晚上，站在阿素身边的阿杰也应该就是这种眼神吧。此刻站在我眼前的好像是16岁那时的阿杰。那眼神同样让人体会到一种心烧的感觉。我拍了拍阿杰的肩膀。

"阿杰，你回来了。这就好。快回家吧，我就不陪你上去了。谷姨在家里等你。"

"好。我上去了。"

"给我打电话。"

"我会的。"

阿杰把背包从背后摘下，走到我跟前，用力地拥抱了我一下。然后拎起背包，转身向楼梯走去。我有一点不放心，没有立刻离开，闪身蹑步到单元门旁边的暗影里面。听着阿杰沉重的脚步声回荡在安静的楼道里。

我拿出一支烟，叼在嘴上。这时，三楼的楼道里传来了两声很轻的敲门声。我竟感到紧张，手抖动着拿出打火机，过了几秒钟，就听到了更加轻声的开门的声音。"妈妈。我回来了。儿子回来了。"我叼在口中还没来得及点燃的香烟掉到了地上。

时间过得很慢，在晴朗的日子里，我一个人外出散步。周日也会起得很晚，总是觉得一旦洗漱结束，就要真正地投入到这休息日的一天当中。可周日我不用去公司上班，一个人在家中无所事事，漫长的一天总是极难度过。一直耗到将近中午十点半，起床、洗澡，在十一点的时候，自己煮了些东西吃，把早餐和午饭合为一顿饭。

本想再出去随便走走，可天却阴了起来，我来到阳台上，看着不像是要下雨的样子，天气预报也没有说今天有雨，只是天上的云层渐厚，本来大好的阳光，被云层遮住了，屋子里也阴沉下来。这种天气也会影响到我的心情，我打消了本来要出去散步的念头，决定收拾一下房间。最近一段时间心情也是懒散着，日子总是得过且过。现在四下里一看，整个房间真是乱得糟糕。把换下来的脏衣服用洗衣机清洗干净，晾在阳台上，桌面、地面也打扫干净，把冰箱里面过期的食品和一些垃圾处理掉，回头再看，房间一下子净朗了许多。

我拿出一瓶水，坐在沙发上想休息一下，却看见了电视下方的那台银色的索尼游戏机。这台游戏机还是几年前我去国外看望父母时，从那里带回来的。细想一下，真是好久都没有碰过了，大概有好几个月的时间了。以前和阿素倒是玩过几回。

我走过去，抹去上面附着的灰尘，将游戏机接通电源，又与电视机连接好。按动按钮，上面的盖子掀开，里面放着一张游戏光盘。是一款我和阿素以前一起玩过的叫作"超级赛车手"的赛车游戏。

时光倒流，我想起了阿素坐在我身边紧盯着屏幕，专心致志打游戏的样子。

这是一个竞技赛车游戏，其实这个游戏我一直打得不好，而阿素的水平高出我很多，我好像一次都没有赢过阿素。我重新把游戏光盘放入机器，按下开始键，手握游戏柄，在沙发上坐好，准备要认真地开始玩游戏。激荡的音乐和游戏画面开始了，赛道上面一共是六辆赛车，那最熟悉不过的白色十四号赛车又出现在面前了。我的眼睛有点发热，因为那是阿素驾驶的赛车。我望着屏幕，恍然大悟，原来这个游戏有一个很特殊的设定，每一轮比赛的胜利者的影子将会自动出现在接下来的比赛中，不管这个游戏者是否真的在场。上一轮的影像仍然会出现，并且与其他选手一同比赛。就是所谓的"幽灵驾驶者"。没错，以前阿素的幽灵仍然会在赛道上奔驰。游戏开始，起初我总是玩不好，阿素的幽灵驾驶着他喜欢的白色14号赛车，总是才过几个弯道就把我甩在了后面，然后一马当先，绝尘而去。但是我下定决心，今天一定要赢他一次，以前阿素和我一起玩这个游戏时，那么多次，我从来也没跑赢过他，今天一定要赢，哪怕一次。

于是我一次又一次地重新开始，站上赛道。速度也在一点点地加快，我一辆一辆地超过其他几辆赛车，越来越逼近了前面的阿素。记不清已经是第几次重新开始游戏了，我在半程的时候，就已经超越了其他的四辆赛车，跑在我前面的只有阿素。我紧紧地咬住下嘴唇，混身的肌肉绷紧，全神贯注，不能出一点差错。就这样，我终于一点点接近了阿素的赛车，在一个上坡路段，我全力加速，不留一点余地地加速，借助赛道上面的一个扬起的断桥，飞车而起，终于超越了阿素的赛车。然后我仍不敢有一点放松，加大油门，全力向终点冲去。快了，就快到了，我已经看到五百米外的终点。忽然我松开油门，全力地按下刹车键，在距终点线还有几十米的地方停了下来。随即阿素的白色赛车呼啸着从我身旁飞驰而过，直冲过终点。我停在那里，就停在离终点几十米远的地方，我知道，我不能赢，只有这样，阿素的幽灵才能继续出现在赛道上。我扔下游戏手柄，终是忍不住掩面而泣。

　　过了好久，我起身去洗手间洗去脸上的泪水，把那瓶水喝光，平复了一下心情。电话响了起来，是阿杰打来的。我清了一下喉咙，不想让他听出什么异样。

　　"你好阿杰。"我接通电话。

　　"你好，打扰了。"电话那头传来阿杰的声音。我们都没有说话，沉默了一阵，"打扰了，不好意思。你今天有时间吗?"阿杰问。

　　"有时间，一天都没有什么事情。"我回答。

"下午陪我去看看哥哥吧。可以吗?"

"没问题，一定去，我也很想去。"

"那么，一会儿见。"阿杰挂断了电话。

我和阿杰乘车来到了安亭公墓，已经是下午时分，天还阴着。没有任何人从里面走出，也不再有人进入。

阿杰戴了一个黑色的棒球帽，帽檐压得很低，使我不容易看到他的眼睛。我走在比阿杰靠前半个身位的位置，在前面领路。阿杰捧着一束鲜花，默默无语地跟在我的身后。我们沿通向山顶的甬道向上走，两边是一排排林立整齐的墓碑。有的上面有，有的没有字。有些前面摆着鲜花和水果等一些祭品，有的则稍显荒芜。整个墓园里面看不到除我和阿杰之外的其他人。虽然是初夏了，可这里还是有一些阴冷。走到快到山顶的地方，我们停在一排墓碑旁边，每一排是六块，阿素的墓碑在走进去的第二块，最外面的墓穴位置还空置着，只是用水泥板象征性地砌了一个小平台的样子。往前走几步，就到了阿素的墓前。

"阿杰，到了。这就是阿素。"我看了眼墓碑，上面写着的"昂素之墓"四个字仿佛字迹未干一般，一个星期前我刚刚从这里离开，看着这几个字，上面已经落了些许灰尘，好像对我表示着些许不满：为什么这段时间没有来看我。我拿出一块小毛巾，拧开一瓶矿泉水，把毛巾沾湿，仔细地把墓碑和下面的底座擦洗了一遍。

"阿素，阿杰回来了。我们一起来看你了。"我侧身把正面的位置让给阿杰。

阿杰没有说话，走到正前方，弯腰把手中的鲜花放在阿素的墓前。阿杰缓缓地蹲下身体，又向前双膝着地，低着头跪在阿素的面前。我站在一边，看着阿杰，阿杰把棒球帽从头上摘下放在一旁，始终没有说话，低垂着头，呆呆地跪在那里。

　　山间的微风轻轻吹摆着阿杰的头发，那一捧鲜花也在风中轻点额头，像是在轻声说着什么。我点燃一支香烟，吸了两口，轻轻地放在阿素的墓前，然后安静地站在一边。四周是如此的安静，除了细细的风声还有漫山的绿色植物里各类昆虫发出的细碎的叫声。我呆立在那里望着阿杰，阿杰还是一动不动地跪在墓碑前面，紧闭着双眼。时间自有其独特的流逝方式，此刻的阿杰像一棵伏于水底的水草，沉湎于冥想之中，阿杰走访了自己心中很多个小小的房间，每个房间里都充盈着记忆的重量和曾经共度的温暖，仿佛鱼儿逆流而上，回溯时间的长河。

　　耳畔边就传来丝丝细小的呼喊，我闭上眼睛，侧耳倾听，用尽全力去捕捉那细微的混杂于风声之中的呼喊。就像来自遥远的大海深处，从海底生出，渐渐上浮，穿过幽深的海底，走过漫长的路途，才终于来到海面。声音又大了一些，那的的确确是一种呼喊的声音。我看着阿杰，他的身子又向前倾倒了一些，双手捂面，身体颤抖着，那声音的来源正是来自于阿杰的身体最深处。声音还在加大，我慢慢听清了，那是两个字，"哥哥""哥哥"仅是这两个字，是阿杰在呼喊阿素的声音。来自海底的呼喊跃升海面，继续向上攀登，越过海平面，跨过城市的上空，沿山脚迫近上来，加速翻过高山的顶端，呼喊成了嘶吼，再向上飞升，乘着逐渐加大的风，嘶吼最终演变成暴风闪电，在整个天空密布凝结，然后瞬间炸裂，落向大地的每一处角落。洒得我们满身都是，遍体鳞伤。

"哥哥……哥哥，我回来了，哥哥，我错了……"阿杰的头猛地撞向墓碑的底座，发出骇人的声响，我冲过去，一下子扶住阿杰，阿杰的额角淌出鲜红的血，如花如霞，如花如霞，映着阿杰的旧路还家。

天空仍是层云密布，一缕不知来自何处的光，利剑一般刺破天空，也刺破我和阿杰的身躯，有温暖的怀念。那是阿素的眼神，他在云的后面看着我们。

拨动心弦

　　时间总是不为任何人稍作停留。半年的时光也很快就过去了。阿素不再像以前总是出现在脑海里或是我们每一个人梦的深处。偶然想起，在伤心和沉默之后，竟也会露出笑容，鼓励着我们去努力地好好生活。

　　后来的日子里，我开始阅读，并深深地喜欢。最开始的原因是为了逃避吧，也许就是这样。为自己找一个所在，找一些事情去做。阿素离开之后的每一个休息日，我不再想浑浑噩噩地度过。

　　一个偶然的机会，我独自外出，漫无目的地游走，竟不知不觉走到了小城的那家古老的图书馆。这家图书馆其实早已存在多年，可能在我小时候就有了，也可能曾经路过很多次，可我却从来没有踏入过一步。图书馆是一座不大的灰白色二层楼房建筑，就坐落于街边，二层楼建筑的外墙上布满了半枯萎的植物的叶茎和枝藤，越发增加了年代感。外面有高高的围墙，院门口是两扇虚掩的铁栅栏门，轻轻地推开沉

重的大门，大门虽然沉重，却没有发出任何的声音，可见是
负责大门旋转开关的关键部位保养得很好，并未显出年久失
修或使用过度的颓旧之感。院子很小，几乎可以说没有，几
盆很不显眼的夹竹桃和兰花摆在两旁。虽然不显眼，却显得
重要。只有三四米的距离，就从大门口来到了楼房的入口，
至多是两米宽的长度，一共五级的台阶之上，是漆皮凋落的
两面红色的木门，门上还有一副对称的铜质的金属门环，与
大门口的铁栅栏门和它附着于上的老木门是那么相得益彰，
像是一个年代久远的至今很少再有人去谈起，古老故事的入
口。

　　推门而入，门口是一间类似于传达室的登记处，里面坐
着一位面容慈祥的老人，老人戴着一副老花镜，见到我，也
没有多说，只是微笑着点头，然后取出一个四边都已经卷曲
泛黄的牛皮纸做封面的登记簿，只要在上面简单地稍作登
记，之后就可以完全地自由自在地踏入这安静的所在。即便
是休息日，来这里的人仍然少得可怜，使人不禁要去怀疑，
这古老的图书馆长久地存在这里的意义何在？我一般直接走
上二楼，因为那里是文学区，一楼则是哲学与科技类的图书
为主。踏上二楼的走廊，内部构造非常像是一所学校或是老
式的医院，在雪白的墙壁上大约一米的高度用油漆刷了绿色
的墙围。四周是狭长的走廊，里面有一排排的木质长椅，上
面空无一人，却十分干净。地面也一样，质地和材料非常一
般的大理石地砖反射出地面上的长椅和屋顶的灯。不知是谁
如此执着地每日进行着打扫，意义何在呢？我又在心里想了

一下。

里面一间间的如教室一般宽大的阅览室里也经常是空无一人。屋内的一端摆放着几排高大的书架，另一端是几张合拼在一起的大大的长方形书桌，四周是木质的椅子，如果长时间地坐在上面会很不舒服。不用担心来晚会没有座位，因为偌大的阅览室里常常只有我一个人，或是在长长书桌的遥远的那端，也无声地坐着一个读书的陌生人。没有招呼，甚至没有微笑，走入和离开，一切都是静悄悄的，无声息的，这不正是我所希望的吗？就这样，我经常在休息日的中午，带上一个面包或是一包饼干，再带上一瓶矿泉水，在这里消磨整个下午的时光。直到下午五点，图书馆要闭馆了，楼下的老人，拿着一大盘钥匙，步履缓慢地走到二楼，一间间地查看阅览室内的情况，把粗心的读者没有来得及放回书架的书本放回它原来的位置，把椅子也推回到桌前，然后一间间地关灯锁门。我有时会帮助他一起做这些事情，老人没有过多的客气话，只是慈祥地笑着，把钥匙盘交给我，

"辛苦了，不会耽误你的时间吧？"

"没关系，我不赶时间的。"

楼上楼下一共四间很大的阅览室，加上长长的走廊，一圈巡视检查下来，也要花费不少的力气。直到我背包离开，也没有见到那个从来未曾谋面每日都会仔细打扫卫生的人。

又一个休息日上午，我刚刚吃过早餐，洛越打来电话。

"今天要去哪里？"洛越问。

"正打算去图书馆。"我说。

"哦，原来是这样，我今天去小城找你。你大概什么时候回家呢？"

"下午吧，你什么时候到？"

"也是下午，这样吧，我直接去图书馆找你。"

"好，我在那里等你。下午见。"

听到洛越要来小城找我，心里十分开心，我把东西装好，背起背包，来到图书馆。

我照例来到图书馆的二楼，阅览室的门早已经打开，一切仍如一周之前我离开时的样子，不曾有什么改变。我把背包放在自己一直坐的位子上，起身来到书架前，开始找寻自己要阅读的东西。

我在这里不光是阅读小说之类的文学作品，就在前两次，在书架上挑选图书的时候，我竟有了意想不到的发现。在最靠里面的一个书架上，有很多摞全部整整齐齐装订在一起的书稿，不是图书，就是一本本的书稿，封面全部由牛皮纸装订，里面的稿纸则是各式各样，有信纸、有方格纸、还有白纸。开篇的第一页上写着不同的书名。原来这一摞摞装订成册的书稿，是一些业余作者的作品，他们在写成这部作品之后，由于种种原因，没能出版，成为真正的图书，被堂而皇之地摆在书店的货架上，供读者挑选。可能作者又不舍得丢弃，或是让作品沉睡于家中的某个角落，就将它们送来了图书馆，在这里有可能被前来看书的人翻看，以延续它的命运。

形形色色的故事里记述了形形色色的人生，我在翻读每一个故事的时候，就仿佛走入了故事背后主人公的人生片断。有欢乐的故事，也有哀伤的故事。其中有一些与其说是小说或故事，更像是书信，写给家人和朋友的书信。作者把对亲人的忏悔和歉意还有对爱人朋友的牵挂与悔过全部书写在这里，使自己的内心得以平复，情绪得到释放。

其中一个故事是这样的，主人公在小学毕业的暑期来到地处农村的外婆家，起初这里的一切都显得陌生，邻居有一个和主人公年纪相仿的男孩，两个同龄人在相见后，开始还有一起生疏，甚至是腼腆，不好意思主动去接近对方。邻居小男孩有一只小狗，一只白色的小狗，这小狗也成了连接他们的纽带，两个天真无邪的小孩子就因为这只小狗而熟识，成了好朋友。暑期的每一日，这两个小男孩就和那只白色的小狗一起，在村子里的各处尽情玩耍，朴实的农村生活，加上小伙伴的陪伴给主人公的童年带来无数新奇的色彩。

白色的小狗很听话，总是围绕在两个小主人的周围，小白狗已经把这个新来的男孩当作了自己的朋友。随着时间的流逝，无忧无虑的快乐暑期生活很快度过了，父母来接自己的日子日益临近，主人公开始忧愁，他是那么地喜欢这只白色的小狗，因为在他生活的城市里，周围的人家里都不曾养过宠物。他不想和小白狗分开，曾向那个小男孩提出过想把这只小白狗一起带走，却遭到了拒绝。因为这只小狗是那个小男孩从小到大的玩伴，他不能忍受没有它的日子。

在一日接一日的苦闷和煎熬中，他终于做了一个决定，他要把小狗偷偷地带走，带到城市里他的家。在父母来接他回城的那个早晨，他把小白狗唤到自己身边，装入了早早准备好的纸箱里，并对父母谎称是邻居的小朋友送给他的礼物。把要带的东西全部装上车之后，行将离开的时候，邻居的小男孩也来送他了。可主人公却没有心思与这个暑假新认识的小伙伴做更多的话别，他怕事情败露，于是不停催促着父母尽早起程。邻居的小男孩却对这个才认识不久的伙伴流露出浓浓的不舍，根本没有注意到本应在身边跑来跑去的小白狗。当汽车开动的时候，那邻居的小男孩还站在房前的大树下久久地注视渐渐远去的汽车，不停地向他挥手。

回到城里，他马上成为了同学中的焦点。同样身处在城市里的孩子们，从来没有过身边能有一只听话的小狗陪伴的经历，这些小伙伴们整日围绕着他和小白狗，那段时光，他得到了巨大的心理满足。升入中学之后，课业逐渐加重，他和小白狗一起玩耍的时间也慢慢减少，到后来，连照顾小狗的时间也变得越来越少。他曾想过把小狗还回去，还给它原来的主人，可他没有勇气去那么做。这念头也只是一闪而过。后来在他的疏忽下，小白狗走失了，他也没有太过于伤心和在意，因为沉重的学业和升学考试才是最主要的。六年的中学时代很快结束了，在这六年当中，每一个假期的到来，他都没有再回到过农村的外婆家。他可能已经将那个邻居的小男孩淡忘了。

高中毕业时，他已经是18岁了，那个夏天，他再一次回到了农村的外婆家过暑假。踏上熟悉的故土，让他百感交集，六年前离开的那个上午，邻居男孩在树下招手向他告别的情景仍然历历在目。他小心地问起那个男孩的情况，不想家里人却摇头叹息："那小男孩自从发现自己的小白狗丢失之后，就像丢了魂一般，日日寻找。早上或晚上，村里人都能听到小男孩呼喊小狗的声音在村子的四周响起。很多人劝他算了吧，不要找了，可小男孩却根本听不进去。终于有一天傍晚，他在寻找小狗的时候，失足跌入了深深的水塘，虽然被路经此地的村人救起，保住了性命，却因缺氧时间过多，大脑留下了残疾，变成了一个智障人。除去每日吃饭、睡觉，就会做两件事，看见水塘就会大哭大叫，看到小狗，不管是谁家的小狗，也不论是什么颜色的小狗，就傻呵呵地笑起来没完，抱住不愿撒手。村里的小孩都怕他。后来竟走丢了，好多年没再见过了。想想真是可怜啊。"

听完了这番话，如五雷轰顶一般拷问着他的良知，他的一个自私的决定，一个胆小鬼、一个小偷的举动，却毁了儿时玩伴的一生。他想向家人坦白事情的经过，向对方忏悔自己的过错，或是想尽办法去补偿，可是当年的小男孩，现在，却早已不知了去向。

看完这个故事，我抬起头望向空空的走廊，心里充满非常无助的失落感，泛起一种痉挛般的心酸。我在感到气愤的同时，也对那个寻找小白狗的男孩不幸遭遇而伤心不已。人的命运真是百转千回，人与人之间的羁绊是何等脆弱。

我稍作休息，在走廊里吸完一支烟，重新坐下来，合上这个故事，又开启了另一个故事。

　　这也是一个写主人公小时候，同样是一封愧过书一般的故事。

　　男孩的爷爷去世后，留下奶奶一个人生活。可由于奶奶岁数也大了，行动不便，眼睛也已经昏花了，独自生活困难多多。所以男孩的父亲很辛苦，每天中午工厂休息的时候，要骑车赶往奶奶家，为奶奶做好午饭，然后把晚饭也准备好，放在锅里，锅里放好水，晚饭时奶奶自己热一下就可以了。然后下午再回到工厂去上班。日复一日，都是男孩父亲在重复着这样的事情。后来男孩初中毕业了，父亲便偶尔将这件事情交给放假期间的他来做，虽然他不会做饭，可奶奶家那条街里面有一个包子铺，中午给奶奶买上几个包子，当然要多买几个，因为晚上也要吃，然后为奶奶做一个鸡蛋汤，就可以了。和奶奶一起吃午饭，把碗筷洗好，剩下来的、留在晚上吃的包子放在锅里，同样地放上水就好了。可就是这么简单的事情，这个男孩却不愿去做。那时的他太贪玩了，好不容易放假，可以和朋友们整天一起玩耍，一周却要有两三个上午赶去奶奶家里准备午饭和晚饭，他觉得他的宝贵的用来玩耍的大好时光被无情占用了。

　　起初他还算尽职地去完成这项工作，后来就越来越不上心了，连简单的鸡蛋汤也不愿去做了，再到后来，轮到他去照顾奶奶的日子，他经常一早就赶过去，那家包子铺才刚刚开门营业，他便冲进去，把包子买好，然后一股脑地放在锅里，和奶奶说上一句"包子放在锅里了，你自己热着吃就行了。"然后便骑上车子去找他的朋友们了。临走时，奶奶还要不停地嘱咐："骑车慢点，路上小心。"可他连听这些话的时间都不愿耽搁，像完成了一项艰巨的任务一般，快速离去。再到后来，男孩甚至不愿意再去做这项工作，父亲没说什么，又默默地独自承担下来，每日中午的休工时间独自往返。

　　一年以后，奶奶去世了，是在梦中安详地离去的，家人都很伤心。发现故去的奶奶的嘴还稍稍张开着，男孩颤抖着伸出手来，在奶奶的下颌上轻轻托了一下，奶奶的嘴便合上了，神态安详，好像是在对自己的孙儿表示感谢，觉得生前能得到孙儿的短暂照顾感到无限的安慰和满足。那一幕的情景对男孩触动极深，他深知自己做得非常不够，对至亲之人怀有深深的愧疚。长大成人后的他每一次在吃包子的时候，都会想起奶奶在世时的情景，并也深深地懂得因为反感和厌倦等理由离开，不是家人应有的姿态。

　　"对不起，打扰了，请问可以进来吗?"

　　轻轻的两声敲门声过后，洛越清脆的玩笑声将我从难过中拉回。我抬头望见洛越伫立在门口，身子靠着门边，微笑着望向我。

　　"啊，你来了。"我合上手中的书稿，起身来到走廊，我和洛越在长木椅上坐下来，洛越小心翼翼地把一个很大的皮质的琴箱立在长椅的旁边。

　　我注意到这是一把吉他的琴箱。"洛越，这是你的吉他吗?"我问洛越。

"当然是我的。不然我怎么会带着别人的东西到处乱走,而且还是那么沉。"洛越笑着对我说。

"洛越,你会弹吗?"我感觉惊奇,"从来也不知道你还会弹吉他。"

"上学的时候学过,后来这十多年很少弹了,生疏了不少。"

我一下子来了兴致,"洛越,弹一首给我听听。"我有些迫不及待。

"在这里弹吗?怎么好意思呢。再说会打扰到别人。"

"不会的,这一层除了我没有别人,所以也谈不上打扰到谁,弹吧,洛越,弹给我听,非常期待。"我坚持地说。

"那好吧,就弹给你听,不过弹得不好,你可不要嘲笑我。"洛越还是有些不好意思。

"怎么可能,觉得你了不起才是真的,怎么会嘲笑呢。"

洛越轻轻地打开琴箱,取出里面的木吉他,横抱在怀里,又把一本乐谱打开,放在我和她之间的长椅上。洛越顿了一下,好像是调整了一下情绪,低下头,右手轻轻地滑过琴弦,一阵悦耳声音传了出来。

"先弹一个《欢乐颂》吧。不过可能弹得不太好。"

我没有说话,认真地看着洛越。洛越轻轻地拨动琴弦,左手的手指也在上下滑动,不时地按在不同的位置,熟悉的《欢乐颂》的乐曲被洛越弹奏出来。一曲完毕,洛越不好意思地抬头,我仍是一动不动地听着。

"还想听什么？"洛越笑着问我。

我翻开乐谱，"《天鹅湖》，我最想听《天鹅湖》。"

洛越将乐谱翻开，先仔细地看了一遍，然后再次抱紧吉他，将头发向耳后拢了一下，我又看到了洛越眼角浅浅的鱼尾纹。仍如开始一般用手指扫过吉他的琴弦，浪漫如抒情诗一般的《天鹅湖》乐曲缓缓流出。照在我们身上温暖的阳光，好像变成了柔和的月光，我目不转睛地望着空空的走廊，就仿佛看到了古老城堡外，铺满月色的湖面，被咒语化身为天鹅的美丽姑娘静静划开湖面，低垂着高贵的脖颈，独自一人披着浪漫的月光，慢慢地划向湖心和远方。充满诗意的画面给我带来至深的感动。

洛越在弹奏过程中，有两处稍有停顿，不是十分顺畅，在我听来，却仍是万般柔美的琴音，像轻柔的月光洒在花瓣上的感觉。两首曲子弹毕，洛越怀抱着吉他，微微地抬起头，对我说："弹得不好，很长时间没有练习了，有些生疏。"

太阳稍稍有些倾斜，光线更柔和了一些。洛越的长发、脸颊和耳廓，钻石一般不停地变幻着受光面，我不论把眼睛望向哪里，都会感到花火般的弧光闪烁。我出神地望着光影里的洛越，不管是阳光还是月光，洛越都是那么美丽动人，她就是湖中的美丽天鹅。我感到一种既悲哀又无限安稳的情绪，缓缓地流入自己的心中。那安稳的情绪恰似拂晓时清冷的光辉，在黑暗中慢慢扩展开来，令人神清气爽。它一点点荡去所有杂念，毫无刺心之痛，化作了清澄的悲哀。

我回过神来，对洛越说："很好听，很美，洛越，不管你弹成什么样，哪怕只是一下下地去挑拨琴弦，我仍然觉得很美。我刚才看着你弹琴，就像是看到一幅名画，一幅只存在于我心底的名画，那是无法言说，无与伦比的美丽。"

我悲欣交集，心醉神迷。那以后的很多个夜晚，当洛越弹起吉他，我都会失真的一般呆坐在那里，久久地，任洛越深深拨动我的心弦。

我们彼此要如何问候

　　一个季节开门离开，另一个季节从门口进来。我们都很好。

　　阿杰经营着阿素留下来的水果铺，一如阿素的勤恳努力。但是阿杰仍然不改初衷，他的理想没有动摇，就是做一名厨师。他准备把水果铺经营一段时间，再加上自己这些年的积蓄，开一家小型的饭馆，可以自己当老板，也做厨师。我们对他的理想抱有同样的信任和坚持。洛越辞去了她原本在市里的工作，来到之岛找了一份工作，与我共同生活在一起。我们已经开始筹备将在年底举行的婚礼。

　　洛越的到来，使我告别了单身汉的生活，生活中因为有了洛越而变得井井有条，家的感觉也让我感觉更加满足。每一个早晨，洛越都会早先于我起床，准备好简单的早饭，我们一同吃过早餐，一起出门上班。一整天的工作当中，也会通一个电话，总是洛越打来，询问晚上想吃些什么，她会提前准备好。我们也会偶尔在外面吃饭。吃完饭，在凉爽的晚上步行回家。我们也有几次在周末的时候，来到谷姨家里，和谷姨还有阿杰一同吃晚饭，晚餐不再是谷姨去准备，而是由阿杰全权来操办。谷姨的精神好了许多，吃饭时，谷姨看着坐在她对面的洛越和坐在身边的我，总是露出甜甜的笑，"好，好，真好呀。这么般配，有情人终成眷属。"洛越笑得开心极了，用眼睛看了我一下，我和洛越一同举杯，"来，谷姨，我和洛越敬你一杯，祝你身体健康，我们都是你的孩子。"

我和阿杰有时也会来到海边，坐在以前和阿素一起坐的岩石上，时间仿佛回到当年，只是身边人由阿素变成了阿杰。我们同样在那里看着前方的大海。

"阿杰，水果铺转租出去了？"我问阿杰。

"手续都办好了。很顺利。"阿杰回答。

"那就好，没想到这么顺利。"

"这间水果铺，哥哥经营很多年，有许多老主顾，所以转手租出去比较简单，前来谈的人就有好几个，水果铺生意一直不错，有的人听说是哥哥留下来的，还想直接买过去。"

"新饭馆的位置找得怎么样了？"

"正在找，有两个地方还比较不错，还要再考虑一下，最迟下个月就能定下来。"阿杰说，"对了，谢谢你的资助，要不然我也不可能这么短的时间就能开一家自己的饭馆了。"

"不用谢，应该的。我也是投资人呀。"我对阿杰说。

"放心吧，我一定不会让你这个唯一的投资人失望的。"

"我明白，我一直对你都充满信心。"我和阿杰对视了一眼，高兴地望着彼此，我拍了拍阿杰的后背，"加油吧，阿杰。"在我们生活的地方有大海的陪伴真好，我们向海边走去。

深秋时节一个晴朗的周日，我和洛越吃过午饭。

"洛越，下午出去走走吧，天气这么好，很难得呀。"我对洛越说。

"好呀，也正想出去散散心，去哪里好呢？"洛越问。

"哪里都行。听你的。"

"让我想想。嗯……去哪里呢？"

我坐在洛越的对面，看着她思考的样子，如此的恬静自然。"哦，想起来了。"洛越恍然大悟的表情，"我知道新开了一家甜品店，就在小城的西面，新开不久，是一对中年夫妇开的，特别之处是他们选了一处僻静的大院子，一般来说做买卖总是要选热闹的地方才好，可他们偏偏选了那么一个偏僻的地方，好安静的。我有一次出去办事，从那门口路过，才发现新开了这家甜品店，不过没什么人。"

听洛越如此说，我忽然心有所动，感觉那么熟悉。好像也在哪里见过，可我确实不曾去过。我仔细地回想，搜遍所有的记忆，为什么会有这种感觉，我没有到过的地方，竟让我感觉如此的亲切和熟悉。对了，我想起来了，记忆中的某个片段点亮了一下，像电影开场一般拉开了帷幕，阿素曾向我讲起过，他在高中时代曾经和当年那个叫贾佳的女孩子无意中去过这样一家甜品店，也是一对夫妇开的，不会这么凑巧吧。我的心跳得厉害。"好，就去那里，洛越，我们现在就

212

出发。"我边说边拿起外套。洛越看着我心急的样子，有些不解地看了我一眼，"三十岁的人，倒还是小时候的样子。"

我和洛越从公交车上下来，沿街道的缓坡向上走，是一个僻静的街道。之岛本身人就不多，这里更显寂静。向上走了大约十分钟的样子，果然就来到了一个院子的门口。门口没有任何招牌，院门向内敞开着，一派安静的气氛，这气氛感染了我，心里一片安宁。

走进院子，院子里面的模样也与当年阿素向我描述的一样，只是可能没有当年的院子宽大，院中有两棵梧桐树，而不是一排了，树下仍是草坪，草坪里开着各色的小野花。四间贯通平房在北面的位置，平房门口铺了一小片水泥地，当是一个小型停车场，上面停了一些自行车和几辆摩托车。能看到一些来此的客人散坐在屋内。我和洛越携手走了进去，香浓的咖啡像轻音乐一般，弥漫在屋里的个个角落。

屋内的装修与阿素讲的别无二致，原木色的地板，原木色的木桌椅，老式的吊扇垂在屋顶，还有老式的木框镶玻璃的明亮窗子，这一切看来，我确信无疑，这里正是当年阿素去过的那家甜品店。至少是同一人所开。

我压抑住内心的激动，和洛越走过前两间屋子，路过几桌情侣，踩在木地板上，脚下传来轻柔的"吱吱"的地大提琴般的响声，如此悦耳。我们在第三间屋子里，同样找了一个靠窗的位置坐下。整个过程中同样也没有服务人员出现招呼我们。

我和洛越相对而坐，"喜欢这里吗?"洛越问。

"非常喜欢。"

"非常喜欢？为什么呢？为什么是非常喜欢？"洛越看着我问。

我笑了笑，没有回答。这时一个四十岁左右的中年女性轻轻地走到我们面前，手里拿着一份甜品的菜单。"你好，请问需要些什么？"女主人轻声地问。脸上挂着浅浅的笑。

女主人身材不高，身形却很好，穿着一件白衬衣，下面是一条米色的长裤，前面系一条长长的咖啡色的干净围裙。头发简单地梳在脑后，却不加任何修饰,只用一条素色的手帕束住。虽然已经是人到中年，仍然十分美丽迷人。一种优雅气质从内而外散发出来。

趁着洛越看菜单的时候，我望向甜品店的女主人，"不好意思，请问，你们以前是在市里面开甜品店吗？也是一个大院子，好像是由一个废弃的院子重新装修的，里面有一排梧桐树。其他的与现在这里差不多。"

女主人听完我的问话，眼睛放出明亮的光，笑着问，声音却比刚才大了一些，"是啊，以前就是在市里的，开了十多年，今年夏天才搬来之岛的。你怎么知道这么清楚，以前市里的店你也去过吗？"

我笑了一下，"我没有去过，是我的一个朋友曾经去过，确实是十多年前了，那时他还在读高中。他向我讲起过。那是你们开业的第二天，他和一个女孩子来的，是你们的第一位和第二位顾客，那天也应该就是你，招待了他们两个人。"

我的话让女主人很吃惊，她站在那里，仔细地在回想着。洛越听到我说的话，也抬起头来看着我。过了几秒钟，女主人不好意思地轻轻摇了摇头，满怀歉意地说："实在对不起，时间太久了，你的那位朋友我想不起来了。"

"没关系的，只是想确认下是不是仍是当时的主人开的这家店。"

女主人笑着说："是呀，时间过得好快，也没想到这么巧，你的那个朋友今天也来了吗？"

"不，他今天没有来。"我说。

"那么麻烦你请转告你的那位朋友，这就是他去过的那家甜品店，主人也还是一样，一切都没有变，希望他有时间再来这里坐坐。"我笑了一下，没有说话。

洛越把点好的菜单递给女主人，女主人又朝我们点头笑了笑，"好的，请稍候。"女主人走后，洛越轻声地问我："是阿素？"

"是的。就是阿素。"我回答。

我和洛越慢慢喝着各自的咖啡，与当年一样阳光温暖地照在我和洛越身上。

"洛越，你真的不打算重新装修我们的房子了吗？"我问洛越。

"不打算。"洛越笑着坚定地回答我。

"那家具呢，房子不重新装修，家具和电器也要换些新的吧？"

"家具和电器也全都不换，就用现在的。"洛越还是坚定地笑着说。

"可为什么呢？我不太明白。洛越你能告诉我吗？"

洛越低头喝了一口咖啡，又抬起头看我。"好吧，我告诉你。我们是从六七岁的时候就认识了，认识二十多年了。你大学还没毕业，父母就去国外生活了，大学毕业后就是你一个人一直生活在这个家里。对吧？"

"对呀，就是这样。我还是不明白。"

"你听我说，我告诉过你，我从六岁的时候就喜欢你了。"洛越有些不好意思地笑了一下，"除去以前的时间，除去你所有上学读书的时间，从大学毕业后，直到现在，这七八年的时间，我们没有在一起，可现在的房间和里面的一切记录了你这段时间的人生。我要重新参与进去，要完整地，毫无改变地参与进去，参与到你的人生里面。包括从前我错过的那些年，我要把它们全部找回来。我要找到以前的你，这样对我来说，才是没有过多遗憾的完整的拥有。"

这一年的最后一个月终于来到了。我和洛越的婚期就定在了新年。父母也将在新年前飞回来参加我们的婚礼。洛越更加繁忙地加紧做最后的准备。工作午休的时候，我来到公司的露台上，洛越打来电话。

"我刚刚看到了一款男式的风衣，很漂亮，想给你买下来。有两个颜色，一个黑色，一个咖啡色。你喜欢哪种颜色？"

我低头在心里想了一下，"咖啡色吧。"我说。

"可是我觉得黑色可能更好看一些。"洛越有些坚持。

我沉默了一会儿，"咖啡色，洛越，就买咖啡色那件，我喜欢。"

"好的，我知道了。买咖啡色风衣。"洛越挂掉电话。

整整一下午又是忙碌的工作，办公桌上的电话总是不停地响，此起彼伏。我将一份电子邮件发出，抬头看了下墙上的时钟，已经是下午四点三十分了。再有一个小时就要下班了。我起身走到饮水机那里接水，手机又响起来。我都没有细看，机械性地拿起接听。

"你好。"

"你好，阿杰。"话筒里传来阿杰的声音。

"阿杰，是你。"

"今天下班有时间吗?"

"有时间。"

"我看好了一个地方，想最后定下来，你和我一起去看看吧。"

"好啊，我还有一个小时就下班了，一起去吧。"

"好的，到时我来接你。"

"拜拜。"

下班时间，我走出公司大门，抬头看了下天，天气是如此的温暖。冬日里的阳光很好。枝条上也沾满阳光，地上树影斑驳。我就看到了阿杰，在不远处，阿杰站在白色的汽车旁边笑着望向我。是阿素留下的那辆白色日产汽车。

我向前走近几步，停下来，看着阳光里的阿杰。阿杰穿着白衬衣、牛仔裤，还有白色的球鞋，只是在白衬衣的外面套了一件毛衣。我看见阿杰的脖子上系着那条阿素从来不曾系过的浅灰色的围巾，长头发的少年笑着。阳光里，坚强、倔强的少年身影依稀可见。

图书在版编目（CIP）数据

檀山南 / 梁健 著. -- 北京 ： 作家出版社，2017. 2
ISBN 978-7-5063-9378-2

Ⅰ．①檀… Ⅱ．①梁… Ⅲ．①长篇小说 – 中国 – 当代
Ⅳ．①I247.5

中国版本图书馆CIP数据核字（2017）第041996号

檀山南

作　　者：梁　健
责任编辑：王　烨
装帧设计：北京中作图文
出版发行：作家出版社
社　　址：北京农展馆南里10号　　　邮　　编：100125
电话传真：86-10-65930756（出版发行部）
　　　　　86-10-65004079（总编室）
　　　　　86-10-65015116（邮购部）
E-mail:zuojia@zuojia.net.cn
http://www.haozuojia.com（作家在线）
印　　刷：三河市华业印务有限公司
成品尺寸：142×210
字　　数：150千
印　　张：7
版　　次：2017年7月第1版
印　　次：2017年7月第1次印刷
ISBN　978-7-5063-9378-2
定　　价：32.00元